Brigitta Groh-Nagl
DIE SPIELDOSE

Brigitta Groh-Nagl

DIE SPIELDOSE
Zeit der Reife – Reife Zeit

Erlebte Zeit 1937–1951

VERLAG JOHANNES HEYN

Gedruckt auf EOS 1,75f
Schrift: ITC Garamond light, 11 Punkt
Titel: ITC Garamond, 16,5 Punkt

© by Verlag Johannes Heyn
Klagenfurt, 2003
Druck:
Druckerei Theiss GmbH, A-9431 St. Stefan
ISBN 3-7084-0020-8

Vorbemerkung und Danksagung

Schon bald nach Erscheinen meines ersten Buches (Die Hutschel), in dem ich vom Geborgensein in den Jahren meiner Kindheit bis zum allzu frühen Tod meiner Mutter erzählt habe, haben mich viele Leserinnen und Leser, Bekannte und Freundinnen aufgefordert, gerade auch im Hinblick auf die so ereignisreichen Jahre unmittelbar vor, während und nach dem Zweiten Weltkrieg, ich solle doch schreiben, „wie es weitergegangen ist".
Eine ganze Weile habe ich überlegt und gezögert, war außerdem von den Verpflichtungen einer großen Familie mit einer ganzen Schar von Enkelkindern stark in Anspruch genommen, schließlich aber habe ich mich doch entschlossen „es zu wagen", die Zeit von 1937 bis 1951 aus ganz persönlicher Sicht wieder aufleben zu lassen. Ganz wesentlich beigetragen zu diesem Entschluss hat das Erleben der Feier der Goldenen Promotion im Mai 2001 in Innsbruck, wo im großen Kreis ehemaliger Studienkollegen (wir waren zwei Frauen unter 70 Männern!) alte Erinnerungen wieder ganz frisch auflebten.
Besonders gefreut hat mich, dass einige von diesen Kollegen (sie sind im Text namentlich genannt) mir aus ihrem eigenen Erleben einen

schriftlichen Beitrag zur Verfügung gestellt haben. Dafür möchte ich mich an dieser Stelle nochmals ganz herzlich bedanken. In besonderer Weise gilt dieser Dank Herrn Univ.-Prof. Dr. E. Deimer, der mir zusätzlich zu seinem Bericht auch noch sehr treffende (aus der Feder eines nicht mehr bekannten Kollegen stammende) Karikaturen unserer damaligen Professoren zur Publikation überlassen hat.

Meiner Enkelin Anna und meinem Mann danke ich für die tatkräftige Hilfe beim Schreiben des Manuskripts, last not least ist dem Verlag Johannes Heyn Dank zu sagen für die Herausgabe und liebevolle Ausstattung meines Buches.

Mama ist tot –
die Familie lebt –
Österreich stirbt

Das Leben musste weitergehen: nach Mamas Tod (kurz vor Weihnachten 1936) hatten die folgenden mutterlosen Monate von uns drei Mädchen große Selbstständigkeit verlangt. Die Tage waren voll mit Schulpflichten, den altbekannten und bewährten heiß geliebten Spielen und – nun neu, nachdem Vater (Mai 1937) wieder geheiratet hatte, – mit Erkundungs- und Entdeckungsmöglichkeiten im Garten, den unsere „Mutti" (niemals, bis zu ihrem Tod 1982, haben wir sie Stiefmutter genannt!) mitgebracht hatte. Dazu kamen noch die Übungen auf dem neuen, ebenfalls mitgebrachten Pianino: Oh unvergessliche Cerny-Etuden für Anfänger!
Freilich habe ich noch oft um Mama geweint, aber immer nur heimlich. Ich erinnere mich noch ganz genau daran, dass ich nach etwa einem halben Jahr mit Mutti, erstaunt zu mir selbst sagte: „Eigentlich weine ich jetzt gar nicht mehr so oft!"

Meiner toten Mutter
(Ein Jahr nach Mamas Tod)

Wo du wohl bist?
   So weit, so weit
   hinglänzt die Welt
   und dann die Nacht –
   ein Stern wo fällt

Wo du wohl bist?
   Wenn schwer auf schwer die
   Ähre hängt
   und Helle zwängt
   und Reife drängt
   wenn dunkelrot die Rose blüht
   und Sonne glüht
   und Wolke zieht
   bist du bei mir?

Wo du wohl bist?
   Dort in den Fernen
   hinter den Sternen
   dein Lächeln lind
   nimm mich, dein Kind.

Und noch etwas war neu: Nach der Hochzeit war Vater mit Mutti in ihre Heimat in Nordmähren (ins ehemals österreichische Schlesien) gefahren, wo noch ihr Vater und ihre Geschwister lebten. Eine

ihrer Schwestern namens Božena, die knapp vorher ihren Mann verloren hatte und nun nicht wusste, wie es mit ihr weitergehen sollte, hat unser Vater kurzerhand mit nach Klagenfurt genommen. Sie wohnte nun auch bei uns: vier Erwachsene und drei halbwüchsige Mädchen in drei großen Zimmern und einer Kammer; wir hatten nicht das Gefühl, dass unser Wohnung zu klein sei!
Als neuen Lebensunterhalt hatte Tante Božena eine kleine Greißlerei ganz in unserer Nähe (an der Ecke Platzgasse – Viktringer Ring) bekommen, auch dabei hat ihr Vater sehr geholfen. Als Dank dafür hatte sie ab sofort begonnen, sonntags für uns alle zu kochen. Mit dem Koch-Naturtalent der Bewohner der ehemaligen Kronländer Böhmen und Mähren verwöhnte sie uns. Beim Heimkommen von der hl. Messe am Sonntag brutzelte im Ofenrohr ein herrlicher Braten und Knödel oder Ähnliches, es roch nach Mehlspeis wie bisher, nur anders als wenn Mama mit Justi lavanttalerische Gerichte zubereitet hatte. Sowohl Mutti als auch Tante Božena kochten immer zu viel. Mit dem Überschuss schickte mich Mutti zu meistens nur ihr bekannten „Armen", meist in Souterrainwohnungen in der Nähe des Lastenbahnhofs oder bei der Rudolfskaserne. Ich schämte mich dabei sehr, dachte ich doch, dass das Annehmen von „Almosen" für die Beschenkten fürchterlich peinlich sein müsste. Aber im Gegenteil, ich erlebte herzlichen

Dank, vor allem aber Einblicke in derart arme Verhältnisse, die mir doch unbekannt gewesen waren. Wir alle bemerkten ja, dass es immer mehr Arbeitslose gab, immer mehr Bettler, Hausierer, Hofmusikanten, die um Groschen baten. Annemarie, unsere Älteste, war jetzt sehr oft bei den Kindern und Jugendlichen der Pfarre St. Ruprecht (unser Vater war darüber nicht glücklich, da sie oft sehr spät heimkam). Annemaries Freundin Helga ging fast täglich zu einer anderen Familie. Da gab es jeweils einen Schippel Kinder zu betreuen, zu waschen und zu putzen.

Im Winter wurde Großmutter bettlägerig, es war selbstverständlich, dass sie daheim (hauptsächlich von Mutti) gepflegt wurde, uns Kindern fiel dies nicht einmal auf. „Alltag" war eingekehrt und doch: irgendetwas „lag in der Luft". Aufgefallen ist uns, dass Vater sehr sehr viele Briefe an Bruder Viktor nach Wien schrieb; wir mussten sie dann abends zum Nachtschalter am Bahnhof bringen, zum Zug nach Wien. Politik interessierte uns Kinder überhaupt nicht, nur Großmutter schwärmte von Dr. Dollfuß, den man 1934 erschossen hatte, während „die Bolschewiken", ebenso wie Hitler für sie Ausgeburten des Leibhaftigen waren. Auch im Lyzeum der Ursulinen hörten wir viel von Dr. Dollfuß, bei einer Denkmalenthüllung gegenüber der Klosterschule musste ich selber sogar ein von unserem Vater verfasstes hymnisches Gedicht vortragen und bekam dafür reichlich Lob der Deutsch-Professorin. Dann kam der März 1938. Warum die Erwachsenen in diesen denkwürdigen Tagen uns Kindern erlaubt haben, „auf der Straße", d. h. auf dem breiten Alleegehsteig des Gebäudes der Landesregierung, direkt vis-a-vis von unserer Haustür zu „schlazeln" (mit Murmeln zu spielen), kann ich mir im Nachhinein nur denken: einerseits neigte sich Großmutters Leben dem Ende zu, anderseits waren alle Menschen irrsinnig nervös und anders als sonst, in einem fort fiel der Name Hitler, NSDAP, SA oder SS.

Die tragischen Abschiedsworte Dr. Schuschniggs „Gott schütze Österreich" haben wir drei nicht gehört. Radio hören war ja absolut ein Privileg der Erwachsenen. Bald aber marschierten dann tagelang deutsche Soldaten „mit klingendem Spiel" durch die Bahnhofstraße herauf... oh, das Klingeln des bisher nicht bekannten Schellenbaums gefiel mir außerordentlich gut, hatte ich doch in den letzten Monaten das Sonntagskonzert am Neuen Platz sehr vermisst. Mit weißem Molino eingehüllt, überall mit goldenem Lorbeerlaub behangen, waren alle Alleebäume zu korinthischen Säulen geworden, alle Standbilder ebenso. Kilometerlange Mengen an rotem Stoff wurden zu Fahnen vernäht mit dem so bedeutungsschweren

Symbol dieser Zeit. Klagenfurt war weiß und gold und rot mit dem Hakenkreuz, die maiengrünen Kastanien leuchteten im Sonnenlicht, ein leichter Wind blähte die Verzierungen und Weiß, Gold, Rot und Schwarz wirbelten um die Wette. Alles war so unwirklich (heute noch wundere ich mich, dass damals kaum jemand die Hohlheit dieser Zeichen des Heldenwahns durchschaut hat).

Auf der Straße begegneten wir alten – sonst eher griesgrämig dreinschauenden – Bekannten, nun strahlten alle, es herrschte Aufbruchsstimmung. Viele trugen die braune Uniform, die Frauen längst weggeräumt gewesene Dirndlkleider, die Mädchen blauen Rock, weiße Bluse, Halstuch und „Knoten" aus geflochtenen lichtbraunen Lederriemen und nicht wenige das Parteiabzeichen der „Illegalen". Auch meine heiß geliebte Lehrerin aus der 3. und 4. Klasse Volksschule entpuppte sich als illegal… 1945 endete ihr Leben durch Selbstmord! Und immer über allem das „klingende Spiel" marschierender Soldaten!

Was ist eine Gulaschkanone? „Unsere Armen" warteten nun nicht mehr auf Muttis Liebesgaben. Die Kochtöpfe waren voll geworden und nicht nur einer kam glückstrahlend zu unserer Tür: „Frau Nagl, ich habe Arbeit! Wie im Reich wird's jetzt auch bei uns aufwärts gehen." Die Begeisterung war bei vielen Menschen groß, nur wenige durchschauten schon damals die Gefährlichkeit und Verlogenheit der neuen Ideologie. Auf einmal schienen alle Bettler Arbeit und Geld zu haben; die Armut verschwand vom Straßenbild im Wechsel zu Weiß-Rot-Gold-Schwarz.

Großmutter lag still mit geschlossenen Augen, wie seit Tagen. Längst hatte ihr Dechant Maier, ein Schulkollege unseres Vaters und Pfarrer der Klagenfurter Domkirche das Krankensakrament gespendet… es war ein sonniger Vormittag wie sonst im Frühling (der Tag der – wie es hieß – „freien und geheimen" Volksabstimmung). Uniformierte Männer stürmten nach kurzem heftigen Anläuten zu Großmutters Bett – rissen die magere eiskalte Hand (Großmutter war 92 Jahre), umklammerten mit dieser einen Stift und machten damit ein Kreuz beim JA auf dem Stimmzettel. Großmutter war schon „weit weg" – kurze Zeit später, gegen Mittag, hörte sie auf zu atmen – sie war tot.

Am frühen Nachmittag reißt der damalige Stadtphysikus Dr. M. die Tür zum Kinderzimmer auf, er sucht die „Leiche". Wir drei aufgeregten Mädchen beginnen zu lachen, es schüttelt uns nur so, wir verstecken uns hinter dem Ofen – zum Entsetzen des Arztes, der wohl keine Ahnung hatte, dass in solchen Stresssituationen bei Kindern Lachen und Weinen eng beieinander liegen – er brüllt uns an (auch er in brauner Uniform!), unvergesslich für uns drei, bis heute. Aus dem Lachen wird ein Weinen, das lang nicht aufhören will.

Nicht nur wegen Großmutters Tod lag in den nächsten Tagen und Wochen über unserer Familie eine seltsame Stille. Annemarie und Mutti wussten warum, wir zwei Kleinen nicht. Vater durfte nicht mehr in seine so geliebte Kanzlei; neben seiner Familie war seine Tätigkeit als Regierungsrat in der Landesregierung seit Jahrzehnten ein wesentlicher, mit großem Pflichtbewusstsein und ebenso großer Freude erfüllter Inhalt seines Lebens gewesen; eben erst war er 59 Jahre geworden, die Ernennung zum „Hofrat" als Krönung und Anerkennung seiner Arbeit war unmittelbar bevorgestanden. Und nun das! Vater hatte sich geweigert der „Partei" beizutreten, man hatte ihn daraufhin sofort zwangsweise „in die Pension" (mit niedrigster finanzieller Einstufung!) geschickt. Erst im Rückblick nach vielen Jahren erkennt man, wie viel Mut und Tapferkeit, Bereitschaft zum Verzicht eine solche Entscheidung von einem Mann erforderte, der mit Leib und Seele Staatsbeamter gewesen war, der seine Heimat Kärnten aus ganzem Herzen liebte, sich aber von der durch die „Grenzlandsituation" verstärkten nationalistischen Begeisterung der Bevölkerung nicht mitreißen ließ. (Ein kleiner Trost für ihn war es, dass er sich nun intensiv auf sein „Hobby", die Arbeit im Heimatmuseum, stürzen konnte.)

Seine Rehabilitierung hat er selbst nicht mehr erlebt. Für Melitta und mich kam eine späte „Gutmachung" in Form von Studienstipendien, für Mutti eine spürbare Pensionsnachzahlung in den 50er Jahren.

Tante Božena

Sie war mittelgroß, einigermaßen rundlich, vor allem Kopf und Gesicht kugelrund mit immer roten Backen und viel Freundlichkeit um Mund und Augen. Das dunkle Haar trug sie kurz geschnitten, was uns neben dem „ausgefallenen" Namen – kein Mensch in Klagenfurt hieß Božena! (die schöne Novelle von Maria Ebner von Eschenbach kannten wir noch nicht) – höchst eigenartig, wenn nicht komisch vorkam. Außer ihren Kochkünsten war noch eine Greißlerei sozusagen in die Familie gekommen, ein Umstand, dem wir alle bis übers Kriegsende hinaus – neben dem Gartenfleiß von Mutti – viel Überlebensnotwendiges verdankten.
Noch etwas brachte sie mit: ihren „Aussteuerkoffer"!

Da sie kinderlos geblieben war, war so ungefähr alles drin, was zu ihrer Zeit händisch von einem schlesischen Mädchen angefertigt, bestickt und gehortet werden musste. Tante hat wohl mehr als hundertmal das schneereine schlesische Leinen mit BK (ihrem Monogramm, Mädchenname Krakovsky) verziert, unzählige Servietten und Tischtücher, Handtücher und Kopfpolsterüberzüge (einiges davon wird von meiner ältesten Tochter in Amerika noch verwendet und hoch geschätzt). Tante häkelte, netzte, strickte, sooft sie Zeit hatte, das war zwar selten und kam doch immer wieder vor.

Ich höre sie noch um vier Uhr früh aufstehen und die großen Milchkannen der Molkerei über die fünf Stufen zum Geschäft schwungvoll hinaufheben und stellen. Dann daheim bei uns ein schnelles Frühstück und um sechs Uhr bereits die frischen Semmeln austragen, dann Obst und Gemüse auf den Stiegen glänzend frisch hinstellen. Und schon kamen die Schüler der Staatsgewerbeschule um ihre Jause sowie Angestellte und Arbeiter der Schuhfabrik Neuner. Ab Kriegsbeginn kam die Mühsal mit den Lebensmittelmarken dazu, Tante saß oft bis Mitternacht über großen Zeitungspapierbogen und klebte darauf mit Kleister höchst gewissenhaft die Brot-, Fleisch-, Nährmittel- und die besonders kostbaren Fettmarken in getrennter und genauester Ordnung zur Abrechnung mit dem Amt, welche Mühe!

Am Klagenfurter Schicksalstag, dem 16. 1. 1944 flog auch die Neuner-Fabrik in die Luft... unter den Verschütteten befand sich auch ein regelmäßiger Kunde von Tante Božena: Herr Franz Sengstschmid hatte zwar überlebt, war aber von da an schwerst gehbehindert. Aus der schon vorher bestehenden Zuneigung wuchs betreuende Liebe, schließlich hat unsere tapfere Tante ihren Franz geheiratet.
Längst leben beide nicht mehr, dennoch trug Tantes Güte noch späte Früchte für Melitta: ein Bruder von „Onkel Franz" war schon früh nach Amerika ausgewandert und dort – wie im Märchen – steinreich geworden. Melittas einziger Sohn wurde sein Patenkind!

Tante Božena und „Onkel Franz", 1948

Auch die Schule ist nicht mehr die alte

„Warum kommen Alice und Marion nicht mehr in die Schule?" Familie Dr. Heller war auf einmal nicht mehr da… das Kaufhaus Friedländer gab es nicht mehr (schade, denn dort hatte man immer lustige Comichefterln bekommen… uns zwar verboten, aber manche Mitschüler horteten und borgten sie auch aus). Dass in der Platzgasse, wenig entfernt von Boženas Greißlerei ein jüdischer Tempel war, haben wir Kinder nicht gewusst, auch von der „Reichskristallnacht" (dann im November) haben wir Kinder erst viel später erfahren.
Eines Tages mussten wir Schulkinder des Lyzeums auf einmal in den Schulgarten zu einem „Appell". (Was ist das wohl?) Während Annemarie seit Abschluss der 4. Klasse Lyzeum die LBA (Lehrerbildungsanstalt) in der Bahnhofstraße besuchte, ging Melitta ebendort in die 3. Klasse der „Übungsschule". Also stand ich als einzige der Nagl-Mädchen bei diesem Appell. Mater Alfonsa, damals Direktorin, trat mit einem uniformierten „feschen" Mann in die Mitte der großen Runde. Mater Alfonsa sprach etwas zu uns, ich erinnere mich nicht, ich stand nicht ganz vorne. Eine schwarz-weiß-rote Hakenkreuzfahne wurde aufgezogen (keine von uns hatte je einen Fahnenmast

im Garten gesehen, Fahnen gab es doch nur bei Fronleichnam oder Kirchweih') und der Uniformierte grüßte uns mit zackig ausgestreckter Hand mit schroffem „Heil Hitler!", dann mussten wir ein neues Lied mehrmals nachsingen, bis es gut genug war: „Nur der Freiheit gehört unser Leben, lasst die Fahnen dem Wind…" und wir alle waren sofort keine Klosterschülerinnen mehr, sondern Schülerinnen der Oberschule in der Theatergasse.

Was wir nicht wussten, alle Klosterfrauen wurden nach Schulschluss in alle Winde zerstreut, in Ursulinenklöster Europas und Übersee. Keiner konnte damals ahnen, dass in knapp zehn Jahren die Ursulinen wieder zurückkommen würden, allerdings ohne die stimmgewaltige Mater Assunta, ohne Mater Aquinata, ohne die kugelrunde Mater Michaela. Nur Mater Alfonsa war noch lange Zeit im Ursulinenkonvent in Wien anzutreffen und erinnerte sich noch genau an die drei Nagl-Mädchen, die „alle so gescheit waren (ich muss schmunzeln) und deren Mutter so früh gestorben ist".

Im Frühling 1939 erkrankte Melitta an Scharlach. Das war damals eine Hiobsbotschaft. Mutti und Melitta wurden ins Hofzimmer verbannt, die Türen wurden verklebt, nur die Mahlzeiten durften hineingegeben werden. Ihre Schulklasse wurde gesperrt und „ausgespritzt" und wir Schwestern durften nicht in die Schule gehen, ist so was denkbar, regelrechte Infektionsferien!!!

Im Herbst war dann alles anders, das bisher öffentliche Gymnasium vom Völkermarkter Ring kam zu uns ins alte Klosterschulgebäude. Es gab auf einmal viele neue Mitschülerinnen, fast lauter neue Professorinnen, wir wurden in eine A- und eine B-Klasse aufgeteilt. Ich war in der A.
Im September 1939 marschierte Hitler in Polen ein, der Zweite Weltkrieg brach aus. Wir Zivilisten mussten Verdunkelung lernen. Schlagartig war und wurde „Licht" bösartig. Gerade in unserer Familie war mit Licht nicht gespart worden. Wenn Vater heimkam, war es immer das Erste, dass er alle Räume hell erleuchtet haben wollte, auch Dämmerung konnte er nicht ertragen. Jetzt aber wurde geklebt und montiert und viel, sehr viel über Flugzeuge, Kampfverbände, Bomben und „Flak" geredet. Die Volksempfänger brüllten aus allen Fenstern Sondermeldungen und in den Kinos zeigten sie die Wochenschauen über den Einmarsch in Polen. Für mein eigenes Leben stand eine unvorhergesehene Wendung bevor.

Eine Entscheidung – viele Begegnungen

Lindner – sehr gut; Morolz – gut; Nagl – genügend; Ottitsch – sehr gut… Ottitsch fehlt?
Professor Rumpold verschwamm vor meinen Augen… das Französisch-Schularbeitenheft der 5. Klasse Gymnasium nahm ich wie im Traum. Und Sigrid fehlte! Sigrid fehlte!
Seit unserem Heimweg am ersten Schultag 1931 verband uns beide sofort ein herzliches Vertrauensverhältnis. Ich konnte so vieles mit Sigrid besprechen, wir hatten sehr ähnliche Schulerfolge,

*Morolz, Ottitsch, Nagl (1931), 1. Kl. Volksschule,
Beginn einer lebenslangen Freundschaft*

auch sie hatte schon mit fünf Jahren ihre Mutter verloren und jetzt ebenfalls eine „Mutti". Von dieser Mutti aber auch noch eine große Anzahl von Brüdern und Schwestern. Sigrid fühlte sich genauso „gebrandmarkt", besonders vom Französischprofessor. Auch bei ihr spielte die politische Einstellung eine wesentliche Rolle.

Das erste Genügend meines 14-jährigen Lebens, bisher gespickt mit sehr gut, höchstens gut, doch nie, nie, niemals einem GENÜGEND für eine fast fehlerlose Arbeit!!! Rumpold wollte einigen der aus dem Ursulinenlyzeum übernommenen Schülerinnen das Leben wenigstens bei ihm in Französisch schwer machen... den bekannt „Schwarzen" vor allem. Ich war so eine.

Ich ging ganz normal nach Hause, machte sogar die Aufgaben für den nächsten Tag, das Schularbeitenheft aber zeigte ich auch erstmals in meinem Leben nicht her. Ich schlief sogar gut, mit Annemarie im Zimmer.

Jetzt, da ich es schreibe, weiß ich längst, dass es in meinem Leben „Berührungen" gab, die ich wohl heute erst als Berührungen Gottes erkenne, Berührungen, die meinen Lebensweg einfach „aus einer Bahn in eine komplett andere" geführt haben. Ich setzte mich im Bett auf: „Du Annemarie, ich gehe nicht mehr ins Gymnasium!" Annemarie war gar nicht erstaunt, zu sehr waren die letzten Jahre für uns voller nicht gerade angeneh-

mer „Neuerscheinungen"... gerade auch, weil wir eben „Schwarze" waren.
Vater: „Was denkst du dir?"
Ich: „Mir ist eigentlich alles egal, nur nicht in die LBA oder gar Handelsschule."
Vater: „Mutti meint, eine Haushaltsschule kann nie schaden, wer weiß, wie alles weitergeht!"
Ein Rat, den ich befolgt habe und nie bereut. Ich habe tatsächlich zu unserer familiären Nähbegabung so viel dazugelernt, dass ich für all meine sechs Kinder, außer Bubenhosen, alles, alles selbst genäht habe in einer Zeit ohne Schöps und H&M. Und Vaters Herrenhemden waren eine Kleinigkeit, nähten wir doch in der Schule am laufenden Band aus Molino Soldatenhemden und Unterhosen. Sogar säuberlichst Polsterln für Stahlhelme, ja nicht schlampig! Stunde um Stunde nähen, so weit reichte nicht einmal meine Begeisterung. Mathematik war babyleicht, Englisch ein Kauderwelsch. Geradezu ein Wunder beggnete mir in Frau Prof. Dr. Haselbach, in Deutsch.
„Haselbach". Ist dies nicht ein wunderschöner Name für eine literaturbegeisterte Lehrerin? Blühende Haseln, plätschernde Bäche, Bilder die sich durch die gesamte deutsche Dichtung ziehen. Professor Haselbach öffnete uns dafür Ohren und Herz, sie hatte ein wunderbares Einfühlungsvermögen.
Ich sehe sie noch vor mir, langsam auf und ab ge-

hen, mit angenehmer Stimme vortragend und für die wenigen, die ihr Literaturtalent empfinden konnten, war sie ein Mensch, der behutsam und ehrfürchtig versuchte, uns mit der Kostbarkeit Sprache vertraut zu machen.
Der Herbst zog ins Land... Eine Mitschülerin war hochbegabt im „Aufsagen", oft empfand ich in den geliebten Deutschstunden das Klassenzimmer voll Gold und Rot und Rostbraun, Beeren aus den Gedichten von Agnes Miegl, die fallenden Blätter Rilkes (Herr, es ist Zeit...) oder Kirschwengs Zeilen:

> Noch einmal sprüht die Erde
> Den Glanz des Jahres aus,
> Ein Strahlenbündel werde
> Ein Lied vom Gang nach Haus...

Wie verliebt war ich, und wurde es immer mehr, in mir kostbar dünkende Worte der deutschen Sprache.
Ich kannte von Vater schon vieles, schrieb auch schon selbst Gedichte, ohne verliebt zu sein, ich war einfach in Wörter verliebt und wie von ungefähr begann ich am Küchentisch einen Herbstaufsatz mit den Worten: „... kalt und leer liegt die Erde da, kältezerfurcht und arm, es ist, als hüte sie ein Geheimnis, so fest verschlossen ist ihr Beerenmund..." Von da an ging ein Band des Verstehens und Begreifens von der Lehrenden zu

mir Lauschenden. Sie erschloss mir Rilke, lehrte mich, vieles auswendig zu lernen (das konnte ich ja ohnehin) und bat mich um meine Gedichtversuche. Dass sie nur „Knospen" waren, lehrte sie mich auch.

Für Haselbach

Einst war ich braun
wie ein wildes Reh
und mein Haar hing im Rosendorn,
die Hecken am Weg –
hinter Hügeln und Weihern
hab ich mein Kindsein verlorn

Hörst du die Frösche?
Die Glan zieht voll Silber
wohl Welle um Welle im Schatten einher
Woher ist das Singen
als läuteten Glocken?
Warum ist mein Herze
so namenlos schwer?

Als ich einmal sehr liebte –

Ob mir's wohl ein Vogel sagt
dass du heute gibst?
Ob mir's wohl ein' Amsel schlagt
dass du heute liebst?
Ob mir's wohl der Wind verkünd't
dass du meiner denkst?

> *– Und da sind die Stern' gefallen*
> *und ein' Seel' hat sich verschenkt.*

Prof. Haselbach war es auch, die mich noch mehr zum Zeichnen anhielt. Eine 12-Bilderreihe, blauer Stift auf Silberkarton, nach dem Andersen-Märchen von der „Seejungfrau", im Künstlerhaus ausgestellt, hat auch sie veranlasst. (Ich bekam den Gau-Preis dafür, eine Gratisreise nach Kiel, zu der es nie gekommen ist.) Durch sie begann damals auch meine Begeisterung für das Schauspiel. Ich ging im Konservatorium zur „Sprechkunde" und zu Frau Prof. Bethan (und dem damaligen Chef Prof. Kehldorfer) in Sologesang. Das Konzerthaus war ja nur hundert Schritte von unserem Zuhause entfernt, wir konnten abends noch schnell schauen gehen was los ist und eben bleiben, damals gab es ja den „Theater- und Konzertring" für Schüler gratis.

Hebbels Nibelungen schauten wir uns x-mal an, bis wir das Stück fast auswendig konnten, Faust war Ehrensache, die Agnes Bernauerin, das Nürnbergerische Ei, die Räuber x-mal, Wilhelm Tell, usw. ... Wir schneiderten uns aus hervorgekramten Stoffen Konzertkleider, kritisierten oder lobten einander... standen alle Symphonien durch, von Mozart, Haydn natürlich, Beethoven, Schubert. Elly Ney war damals die berühmteste Pianistin, wir lauschten ergriffen, dann sang Erna Sack (wer erinnert sich noch) mit hellstem Sopran Schubertlieder. Altistin war Frau Prof. Weuz, zugleich auch Gesangslehrerin an unserer Schule. So kam es, dass wir besten Sänger z. B. bei Lortzings „Wildschütz" eben den Schülerchor singen mussten, mindestens zwanzig Mal, und uns also hinter den Kulissen auszukennen begannen und das ganze Künstlerleben, zwischen Garderoben, Orchester und Schnürboden kennen lernten, welch geheimnisträchtige und ausgesprochen verlockende Welt!
Schülerkonzert am Konservatorium. Drei von uns „Begabten" sangen den Part der drei Jünglinge aus der Zauberflöte, ich sang die zweite Stimme, angeblich klang es „wunderschön". Dann deklamierten wir, z. B. von Mörike: „... bei Nacht im Dorf der Wächter rief..." Es gab auf alle Fälle allein schon von den angehörigen Kunstgenießern großen Applaus. Mit Feuereifer begannen dann

Kaplan Gerhard Weiß

die Proben für Mozarts Singspiel „Bastien und Bastienne".

Zeichnen, Malen, Lesen und Singen füllten neben der notwendigen Hilfe im Haushalt und Garten meine Tage fast völlig aus, ob und wann ich für die Schule „gelernt" habe, weiß ich nicht mehr. Dennoch blieb „der Dom" zentraler Mittelpunkt meines Lebens. Vielen großartigen Menschen, die mein und meiner Freundinnen Leben wesentlich geprägt haben, bin ich dort begegnet. Als Religionslehrer in der Volksschule hatten wir den Kaplan Dr. Josef Köstner gehabt. Er war dann auch als Domkaplan tätig, wurde Pfarrer und 1945 Fürstbischof der Gurker Diözese. Eine besondere Freude für mich war es, als 1967 meine ersten beiden Kinder von ihm gefirmt wurden. Bis zu seinem Tod gab es Briefkontakte, zumindest Fest- und Segenswünsche für meine immer größer werdende Familie.

Religionsunterricht in der Schule hatten wir nach dem „Anschluss" nicht mehr, dafür aber die unvergesslichen Glaubensstunden mit Domprediger Dr. Alois Maier. „Geführt" wurde die Jugend von Kaplan Gerhard Weiß, die Seelsorgestunden für Volksschüler hielt Frau Maria Stögerer. Sie war eine der ersten „Pfarrhelferinnen" Österreichs (später hießen sie dann Seelsorgehelferinnen, bevor man von Pastoralassistenten sprach). Ihre Ausbildung hatte Maria in Wien erhalten, im

„Institut für kirchliche Frauenberufe", gegründet und viele Jahre geleitet von Dr. Hildegard Holzer, einer hoch interessanten, kreativ und fortschrittlich denkenden, in der Wiener Katholischen Aktion sehr aktiven Frau, die ich – Zufall? ich nenne es lieber Fügung – Jahre später im Haus meiner Schwiegereltern, wo sie als Freundin meiner Schwiegermutter gewohnt hatte, persönlich kennen und schätzen lernen durfte. Wieder einige Zeit später habe ich dann an ihrem Institut mehrere Semester lang Vorlesungen gehalten.

Frau Maria hat mir über ganz viele traurige Stunden geholfen, weil wir einfach miteinander gesungen haben. Sehr gerne polyphon, sehr gerne Lieder aus der Barockzeit. Damals konnte ich ja einfach nach dem Gehör auf der Gitarre begleiten, später auch noch das Singen meiner Kinder. (Erst spät, als meine Patientensorgen immer mehr in den Vordergrund traten, habe ich es fast wieder verlernt.)

Dr. Maiers Leben blieb bis zu seinem Tod in hohem Alter immer auch mir verbunden. Ihm verdankt die „Domjugend" enorm starke Wertbegriffe. Unvergesslich eine Weihnachtspredigt: „... Er kam in Sein Eigentum, aber die Seinen nahmen Ihn nicht auf..." Der Kunstbegeisterung Dr. Maiers verdankt Klagenfurt das meisterhaft zusammengestellte Diözesanmuseum neben der

Domkirche Klagenfurt

jetzt frei stehenden Domkirche. Wir sagten ja immer „Domkirche", nie einfach nur „Dom". Damals stand Ecke Lidmanskygasse – 10. Oktoberstraße noch die wirklich hässliche („schiache") Jesuitenkaserne, der Kircheneingang ging direkt von der Domgasse aus. Von dort aus sieht man heute zu den Fenstern der Domkanzlei. Dort am sehr großen Tisch haben wir unzählige Plakate gezeichnet und gemalt, die Matrizen geschrieben und vervielfältigt und so manche, von der Partei nicht gerne gesehene Pläne geschmiedet für Gottesdienste, heimliche Wallfahrten, z. B. nach Maria Saal und vieles andere.

Kaplan Gerhard Weiß, jung und voll „Widerstandstatendrang" wurde ja wirklich auch „gauverwiesen". Zuvor: Ich komme wie so oft zur Pfarrhoftüre und sehe drei Herren kommen und zur Türe gehen. Man hatte damals ja so einen gewissen „Riecher". Halt, dachte ich, das sind Gestapoleute. „Ist Herr Weiß zu Hause?" Ich gebe keine Antwort, rase die Stiege hinauf bis zum schweren, immer offenen Gittertor, knalle das Schnappschloss zu, stürze zum Kaplanzimmer, mache alle Schreibtischladen auf und stopfe alles Erreichbare auch noch aus der Tischlade dazu, renne die hintere Türe zum oberen Chor und hinunter in die Kirche. Gottlob steckten an den Türen Schlüssel, ich konnte von außen zusperren. Unten dann kniete ich mich sehr fromm und andächtig vor einen Beichtstuhl und versteckte mein Gesicht in den Handflächen. Die Tasche verschwand vorerst im Beichtstuhl, später dann unter einem Berg von Kohle in unserem Keller. Bald darauf war Kaplan Weiß nicht mehr da. Auf unserer Hochzeitsreise 1952 haben mein Mann und ich ihn als Pfarrer in Greifenberg besucht. Mein letzter Weihnachtsbrief kam zurück: Verstorben.

Und dann war da noch Milli Riepl, etwas älter als die meisten von uns, vielen von uns, mir ganz besonders, eine mütterliche Freundin. Uns drei Schwestern hat sie nach Mamas Tod wunderbar getröstet, auch nach Vaters Tod hab ich mich in ihren Armen ausgeweint, im Notquartier, da der Bombenangriff vom 16. Jänner 1944 das Haus ihrer Familie bis auf die Grundmauern zerstört hatte.

Wenn man Schnee isst, bekommt man Diphtherie!

Wer den Maria Saaler Berg kennt, kennt auch das Marterl hoch über dem Friedhof von Annabichl. Auf dem Abhang davor konnte man seinerzeit herrlich rodeln bzw. wenigstens versuchsweise auch Schifahren. Gelernt hatten wir das Schifahren ja auf der „Zigulln" über dem Maierteich.

Doch nun war ich bereits 16 Jahre alt und eben diese Milli machte mit uns Ausflüge. Sie selbst konnte die Brettln sehr gut beherrschen, fuhr sie doch längst z. B. am Stifterkogl und manchmal sogar auf der Gerlitzen. 14. Februar 1942, wir waren auf der Heimfahrt von so einem Maria Saaler Ausflug, es dämmerte bereits, ich war sehr, sehr durstig, hatte aber von Kindheit an das Schnee-Essverbot in mir, ich tat es trotzdem und saugte danach sogar noch meinen Fäustling aus.

Gegen zehn Uhr abends bekam ich Halsweh… ist das zum Lachen? Ich lachte nicht und bekam schreckliche Angst – damals wusste man ja über Diphtherie nur das Schlimmste. Gegen elf Uhr nachts kam der Schüttelfrost… nun rief ich doch nach Vater, ich konnte kaum mehr schlucken vor Schmerzen. Vater rief die damals noch sehr junge Tochter seines Freundes Hofrat Dr. Raunegger,

sie hatte eben erst im Gebäude des Dorotheums in der Villacher Straße eine eigene Ordination eröffnet. Sie kam... ein Blick in den Hals... *Diphtherie*!!!
Die Rettungsleute wickelten mich in eine „Kotzen" (grobe Wolldecke) und schnallten mich auf die Bahre. An die Fahrt kann ich mich nicht erinnern, nur dass mir entsetzlich kalt war. Draußen im LKH, damals war Prim. Dr. Folger Chef der Kinderklinik und der Infektionsabteilungen, lag ich frierend erst einmal in einem kleinen kahlen Raum und noch immer mit derselben „Kotzen"... dann weiß ich nichts mehr. Mitten in der Nacht kam ich zu mir, wohl weil mir eine für meine Begriffe irrsinnig große Menge Serum injiziert wurde, das tat weh. Dennoch überflutete mich ein großes Trostgefühl mitten im Fieber im immer wiederholten Denken an die so wunderschönen Verse aus dem Psalm 91 wo es heißt:

„Du brauchst nicht bangen vor dem Grauen der Nacht
noch vor dem Pfeile, der am Tage daherschwirrt
noch vor des Dämons Überfall am Mittag
denn seinen Engeln hat er befohlen um deinetwillen
sie sollen wachen über dich auf allen Wegen"
Visite am nächsten Morgen... ich fieberte hoch.

Man stellte mich mir nichts, dir nichts, splitternackt zum Fenster: „Das ist ja auch dazu noch ein Scharlach! Sofort isolieren!"
Vorerst ein Raum wie ein Badezimmer, rundum weiße Kacheln, das hochbeinige Bett mit mir mitten drin, ich friere… neuerlich Serum in unglaublicher Menge… ich fantasiere irgendetwas von einem heiligen Abend, als ich noch klein war und Mama am Schoß gesessen bin… dann immer wieder den Radetzkymarsch… immer wieder wie ein Ohrwurm, dann Stille.
Ich wache auf… ein seliges Wohlgefühl, eine kleine, dicke Krankenschwester schält mir eine Orange!!! Im bereits dritten Kriegsjahr eine echte Überraschung. Ich liege in einem normalen Krankenbett in einem bereits zimmerähnlichen Raum, am Nachtkastel ein einzelnes Schneeglöckchen in einem Blumentopf und davor ein Foto der Werdenfelser Mutter Gottes. Das Foto stammt von Milli, das Schneeglöckchen von Günther, meinem späteren Schwager. Ich war fieberfrei, doch geradezu „selig" schwach und Schwester Rosa verwöhnte mich auf Strich und Faden. Sie erzählte auch, ich sei zehn Tage in der „Krise" gewesen, alle hätten sich sehr um mich gesorgt, Eltern, Geschwister und alle vom Dom.
Die Wochen schlichen dahin, ich erholte mich und hatte endlich Zeit, Zeit zum Lesen. Die ganze „Infektionsbibliothek" habe ich verschlungen…

Sr. Rosa, Infektionspavillon LKH Klagenfurt
„Wenn man Schnee isst…"

dabei aber auch viel, viel Zeit zum Nachdenken gehabt.

Gitta, du bist 16 Jahre alt, also nicht mehr schulpflichtig, wozu gehst du weiter in die „Knödelakademie"? Das Nähen kannst du ohnehin von allen am besten, in Zeichnen hast du sogar den Gaupreis bekommen und zum Weiterlesen in den heiß geliebten Balladen und Lyrikbänden zu Hause brauchst du keine Schule. Du wirst, sobald du gesund bist, intensiv Englisch lernen, das Untergymnasium aus deinen Heften wiederholen und im September zurückgehen ins Gymnasium. Egal, dass ich nun zwei Jahre älter bin, Französisch und Mathematik zwei Jahre nachlernen schaff ich auf keinen Fall. Vater fragen... trug ich doch gerade nach diesem Spitalserleben tief in mir die Erkenntnis, dass ich Ärztin werden muss, koste es was es wolle.

Vater verstand mich sofort, ja, ich fühlte, dass er sich über meinen Entschluss sogar sehr gefreut hatte. Also Schule A D E ! Herrlich!

Gelernt wurde am See, wir hatten damals eine kleine Badehütte gemietet und ich war glücklich. Keine Spur von überfülltem Strandbad... es gab andere Sorgen, von fünf bis zur Sperrstunde gab es nur noch ganz wenige Badegäste. Dann im offenen Sommerwagerl (ein Klagenfurter Unikat: völlig offene Wagen, nur Bänke, Dach, bei Regen Vorhänge zum Zuziehen) mit nassen Haaren nach

Hause. Zuvor war das Schwimmen in die sinkende Sonne hinein immer herrlich, meine Schultern glänzten goldbraun bei jedem Schwung und ich fühlte mich wunderbar.

Zurück ins Gymnasium

Die 5. Klasse lag unten im Parterre mit den Fenstern hinaus auf die Theatergasse. In den oberen Stockwerken war die Lebensmittelkartenstelle für ganz Groß-Klagenfurt untergebracht.
Klassenvorstand Frau Prof. Stippberger, Unterricht in Chemie und Biologie, Frau Dr. Jax in Mathematik und Physik, Prof. Johne in Deutsch, Prof. Funk in Geschichte, Frau Dr. Garmisch in Geographie, in Zeichnen Prof. Christl, Prof. Weuz in Musik. Gefürchtet habe ich mich am meisten trotz eifriger Nachlernerei vor Englisch. Das blieb auch bis zur Matura der Stein des Anstoßes bei Frau Prof. Dr. Kostisella. Während meine jüngere Schwester Melitta sogar schon im Traum englisch redete und bereits mitten im Zweiten Weltkrieg davon schwärmte „ich studiere Anglistik, heirate einen Engländer und gehe dann nach Neuseeland", war meine Zuneigung zu dieser Sprache eher gering. Dass Melitta heute tatsächlich mit einem Engländer verheiratet ist, zwar nicht in Neuseeland, sondern in der Karibik lebt und dort mit Kindern und Enkeln sehr glücklich wurde, wussten wir alle damals natürlich noch nicht.
Bald nach Schulbeginn gab es einmal eine „Freistunde". Es waren damals einige „Neue" in die Klasse gekommen, unter anderem Helga Petters

und Barbara von Heeren. Helga selbstbewusst und unerschrocken, Barbara still, eher klein, dichtes blondes Haar im Pagenschnitt, doch mit abgrundtief blauen Augen voll Aufmerksamkeit und Staunen. Da ich ja auch eine „Neue" war, bat ich Barbara, ob sie mit mir zum Schillerpark

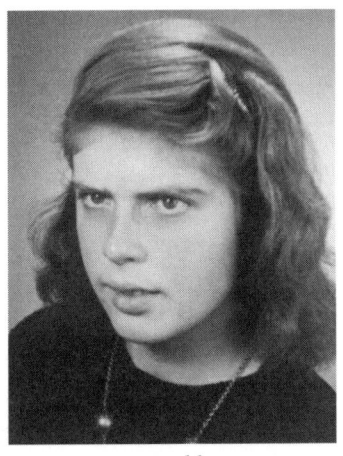

Bärbl

gehen würde. Helga hatte sich ohnehin schnell den übrigen Mitschülerinnen angeschlossen. Damals eine sehr tapfere aber wichtige Frage, wenn man zur Domjugend gehörte: „Bärbl, glaubst du an Gott?" Wir haben nie gefragt „bist du katholisch?", sondern viel zentraler, „glaubst du an GOTT?" Das damals übliche „Gottgläubigsein" kannten wir ja als reine Farce. Bärbl sagte „Ja". Das war mir eine große Freude. Wir schwiegen beide.

Bärbl nach 14 Tagen: „Komm mich doch einmal besuchen, ja? Am Sonntag." Mit dem Radl war ich bald in Maria Saal und ein Stück weiter beim Herzogstuhl. Von oben grüßen die Türme von Maria Saal, weit über dem Zollfeld steigt der Turm von der alten Kaiserpfalz Karnburg über den Bäumen auf. Am sanft hingewellten Hügel gegenüber von mir kann man scharf und deutlich das Gymnasium am Tanzenberg sehen, damals längst kein Internat mehr für zukünftige Theologen. Vom Gipfel des Maria Saaler Berges kann man das alles auch wunderschön sehen. Unser Vater suchte ja immer schöne Aussichtsplätze, er liebte die wunderschöne Gegend rund um das Zollfeld. Weiter hinten liegt das geheimnisvolle Ruinenfeld der Römerstadt Virunum (Ziel vieler Schulausflüge) und gegen Norden zu steigt belaubt und grün-grün der Magdalensberg auf... mir war er immer ein weiblicher Berg im Gegensatz zum so männlichen Ulrichsberg. Machten dies die Heiligen, denen die Gotteshäuser auf beiden Gipfeln geweiht sind?

Nun gut, ich hatte Hunger, setzte mich bei echt südlich warmem Herbstwetter ins Gras und verspeiste mein Mittagessen (wahrscheinlich ein Marmeladebrot – sehr kostbar!). Nun war es langsam an der Zeit, weiterzufahren bis nach St. Donat. „Weißt du Gitta, gleich am Ortsanfang an der Straße steht ein gelbes Haus mit einem Balkon. Da musst du einfach durch das Gartentor in den Garten gehen, ich warte auf dich."

Ja, am Beginn des Dorfes an der Hauptstraße Klagenfurt – St. Veit stand allerdings ein gelbes Haus mit einem Balkon... ein vornehmes Gartentor... dahinter ein Park... Romantik pur... und so etwas gibt es gleich neben der Straße... das ist ja Musik und Dichtung, Staunen und Entzücken: „der Schletterhof".

Heute läuft quer durch das geliebte Zollfeld eine breite Schnellstraße, von der aus man den Schletterhof kaum sieht, von der Bahn aus noch weniger, eine Autobrücke verstellt den freien Blick über die Glan zu den Wiesen, zum St. Donater Friedhof bis zur alten Bundesstraße. Wenn ich später auf dieser von Wien nach Klagenfurt gefahren bin, haben mich immer Erinnerungen an die dort erlebte reiche Zeit gefangen genommen. Ich sehe es noch genau (wie gestern) vor mir das Fenster im ersten Stock, wo mich 1944 wieder einmal eine „Berührung" erwischt hatte.

In den 50er Jahren begann das Haus langsam zu verfallen, die Gendarmerie war dort untergebracht, jetzt unter einem neuen Besitzer scheint es wieder „aufzuleben". Seit einigen Monaten war Bärbl in diesem Paradies zu Hause, so was gibt es! Wir gingen ein langes Dahlienspalier hinauf zum „steinernen Tisch", dort war eine kleine Bank. Bärbl konnte auch nach Noten auf der Blockflöte spielen... wir versuchten Telemann, Schütz... dann nahm mich Bärbl mit hinauf zum Felsvorsprung über St. Donat und ich erklärte und zeigte ihr rundum mein Heimatland. Ich trug damals, dank Frau Prof. Haselbach, immer Rilkes frühe Gedichte mit mir herum, Bärbl lauschte und

Schletterhof

versprach, dieselben wie ich auswendig zu lernen. Dann kletterte ihr vierjähriger Bruder zu uns herauf und holte uns zur Jause. Von da an war ich häufig Gast im Schletterhof, nicht nur Gast, sondern beinahe ein Familienmitglied – umgekehrt hatte auch Bärbl bei uns ein zweites Zuhause. Nach allen Veranstaltungen vom Theater- und Konzertring übernachtete sie bei uns am Viktringer Ring.
Im Miterleben des großen „Haushalts" habe ich sehr viel für mein späteres Leben gelernt. Bärbls Mutter, ich durfte Tante Lilli zu ihr sagen, verbrachte täglich eine geraume Zeit am Schreib-

tisch, den großen Haushalt überblickend, alles einteilend, jeden „Geistesblitz" notierend... Bärbls Vater hat sich um das „Uhrwerk", wie er es nannte, nicht gekümmert, er war im Garten, auf den Wiesen und im Stall. Der Gutsbesitz war verpachtet, doch der junge Bauer genoss es sichtlich, dass der Baron und hochgestellte Diplomat (ehemalige Botschafter) sich für seine Arbeit interessierte. Zum großen Haushalt gehörten drei Kinder, Vater und Mutter, eine alte Köchin aus dem Banat „Frau Luise", „Rita", auch von dort, sorgte für Wäsche und Aufräumen, „Frau Maria" aus Görz war Näherin, Kinderfrau und Hilfe in der großen Küche. Dann waren da noch vier Kinder aus dem bombardierten Rheinland mit ihrem Kindermädchen Anna, ferner noch ein geflüchtetes Gärtnerehepaar vom Müritzsee, Mecklenburg. Wie „Tante Lilli" es fertigbrachte, dass der ganze „Betrieb" so still und reibungslos verlief, und dass niemals jemand, auch die Kinder nicht, über das sehr einfache Essen murrte (am ehesten die Köchin, die hätte sehr gerne groß aufgetischt) war bewundernswert. Von der Landwirtschaft daneben war ja viel an Abgaben in Naturalien zu leisten, man musste sehr vorsichtig sein, auf Schwarzschlachten stand die Todesstrafe.

Auch unsere Mutti konnte in Klagenfurt Wunderwerke an Essbarem vollbringen, aus dem Gemüse im Garten, jede ehemals mit Blumen gefüllte Rabatte lieferte längst Salat und Kohlrüben, Kraut, Kohl, Karfiol und die so universal verwendbaren Karotten, Karotten, Karotten. Der Hühnerstall mit seinen nahrhaften Einwohnern wurde gehegt und gepflegt, der Kaninchenstall nicht minder, im Regentümpel watschelten Enten und Gänse und sogar Angorahasen fraßen sich fett. Das feine, wollige Haar wurde sorgfältig ausgebürstet und jedes Härchen gesammelt. Wenn eine größere Menge beisammen war, konnte Mutti damit Tauschhandel treiben… keine Ahnung mit wem. Gleich wie Bärbls Vater überließ auch der unsere dies alles „den Frauen", Vater hatte einen Schreibtisch, Mutti nur den Küchentisch.

Das „Fenster im ersten Stock": Ich wusste nicht, dass Bärbls Vater damals bereits an Leukämie erkrankt war. Als er einmal von Wien zurückkam, begann er mit mir über das Arztsein zu reden, schilderte mir all das Schwere, dem man in diesem Beruf begegnet, all das Viele, das man zu lernen habe, dass man wohl kaum daneben auch noch eine Familie haben könne, außer der Mann wäre auch Arzt. Ich solle mir nichts Romantisches vorstellen! Gegen seine verschlossene Bärbl war ich ja ein Ausbund an Lebendigkeit und Fröhlichkeit und Draufgängertum. Bärbls Eltern begrüßten daher sicherlich meinen Einfluss auf ihre Tochter, die aber wiederum blitzgescheit war und die ganze Schule so nebenbei erledigte; ich musste sehr wohl lernen, um gut zu sein.

Nach dem Gespräch mit Bärbls Vater… ich schlief gerade wieder einmal im Schletterhof… genoss ich den wunderschönen Abend mit Blick zur Glan hinüber, die ganze wunderbare Landschaft Mittelkärntens bis hinunter zum Triglav, der zart und klar noch voll Abendsonne leuchtete. Ja, guter GOTT, egal was du mir schickst, ich lebe, um eine gute Ärztin zu werden. Ich fürchte mich nicht, führe mich nur DU!

Ich stand noch ganz lange am Fenster und war so überzeugt, dass ich dieses Ziel erreichen würde, keine Mühe scheuend, egal wo und wie. Als Bärbl hereinkam, schwieg ich jedoch, Bärbl war ja doch um zwei Jahre jünger und meine Rolle war ja immer mehr zu einer beschützenden geworden.

Mir ist so kalt

Bei Tante Lilli im Schletterhof gab es für das ganze Schloss nur einen einzigen Koksofen, der immer neu geschürt und mit lautem Krawall nachgefüllt werden musste. In der „Halle" im ersten Stock stand ein Kamin, mein erster offener Kamin, den ich nun manchmal „in Betrieb" erlebte: vorn gebraten, hinten erfroren. Unser Schlafzimmer war in der Früh ein Eiskeller mit gefrorenem Wasser, brrr.

In der Küche werkte bereits die alte Frau Luise, wir tranken Kaffee und dann ging's mit dem Radl zum Bahnhof nach Willersdorf. Wenn es ganz klar war, hörten wir das Stehenbleiben und Abfahren des Personenzugs von Friesach weg, wir zählten die Stationen mit: Friesach, Treibach-Althofen, Kappel, Launsdorf, St. Veit, Glandorf: Willersdorf, einsteigen!

Da war es daheim am Viktringer Ring noch wärmer. Freilich, wir hatten auch nur wenig Holz und Kohle und Briketts waren teuer. Drittes Kriegsjahr: Unser Kachelofen im alten Kinderzimmer war bis zum Nachmittag bereits mehr als kühl. Aber man gewöhnte sich daran. Ich fror auch am Morgen, holte ich doch für drei Ehepaare unseres Hauses frühmorgens die Magermilch oben bei der Bismarckschule. Besonders kalt war es beim Anstellen!

Ist es denkbar, dass ich damals, während des Heimgehens in der Kälte, den Zaun des Botanischen Gartens entlang, voll von Zukunftsplänen war... als gäbe es weder Krieg noch Angst noch Sterben?

Kalt war mir zum letzten Mal im offenen Eisenbahnwaggon bei der Fahrt zum Studium nach Innsbruck, aber da war es mir ehrlich egal.

Klagenfurter Schicksalstag

Es war Sonntag, gegen zehn Uhr schickte mich Mutti in den Garten mit Futter für all unser gackerndes, schnatterndes, watschelndes Geflügel. Der Garten war abschüssig, es war bitterkalt, ein echter Jännertag. Die „Großmutter" der Familie, die im ersten Stock wohnte, kam mir entgegen, sie hatte auch irgendetwas aus ihrer Küche den gefräßigen Hennen und Gänsen hingestreut. Mutti bedankte sich meist mit Gemüse oder einem Ei. Großmutter, Großvater und Tochter mit einem kleinen Buben wohnten im ersten Stock, im Parterre eine Dame mit ihrem körperbehinderten Sohn (zeitlebens im Rollstuhl). Auch diese Mieter wurden von Mutti immer wieder betreut, oft brachten wir einen Kuchen hin, etwas Obst und Gemüse.
Langsam ging ich heim, hinauf in unsere Wohnung. Tante Božena hatte ja wie jeden Sonntag etwas herrlich Duftendes für Mittag vorbereitet – auf einmal heulen alle Sirenen – wie stets ein unheimlicher Wellenton, man hatte sich jedoch bereits daran gewöhnt, war doch Klagenfurt bisher noch nie Ziel eines Bombenangriffes gewesen. Kein Mensch ging in den Keller, wie wir dann doch alle hinuntergekommen sind, erinnere ich mich nicht, auf einmal lehnte ich jedenfalls an der

alten Waschküchenmauer (Luftschutzkeller) und mein Herz klopfte bis zum Hals... ein Lärm, anders als alles bisher Gehörte, dröhnte über uns, als würde über unserer Waschküche eine Metallplatte liegen und ein grauenhaftes Ungeheuer würde mit einer Eisenkette ununterbrochen darauf schlagen, ohrenbetäubend!... immer, immer wieder... so ist das also, wenn man bombardiert wird... oh GOTT, oh GOTT... so ist das... Es wird auf einmal still, dann Flugzeuggeräusche ganz nahe... dann wieder Stille... Der Spuk ist vorbei, wenigstens für uns, Hubert Klausner-Ring 13, wir sechs Familien waren alle kreidebleich, zitternd und entsetzt... so ist das also, wenn Bomben einschlagen.

Vorsichtig beginnen wir hinaufzugehen, wir atmen Staub, Staub, Staub, der eiskalte Jännerwind pfeift durch zerborstene Fensterscheiben, ich gehe zum Haustor, trete auf die Straße, oh Gott! Schwarze Rauchwolken zwischen der Landesregierung und uns, entwurzelte Kastanien, Trümmer, Glassplitter, Fensterstöcke, schreiende Menschen von der Bahnhofstraße herauf... weiter über der Bahnhofstraße wieder Rauchwolken und dann, Haus und Garten, wo ich vor nicht einmal einer halben Stunde noch Tiere gefüttert habe, wie ein Herdfeuer flammend und brennend in Vernichtung... ich laufe hin, halte mir die Schürze vor den Mund, stolpere, fall' hin, steh'

wieder auf… vor mir am Boden ein angekohltes Brett und darunter eine abgetrennte Hand… ich höre Weinen… drei Schritte weiter hockt der kleine Bub vom 1. Stock, das geliebte Enkelkind, von oben bis unten voll Mauerstaub… der einzig Überlebende! Ich nehme ihn auf den Arm, Haus und Garten sind ja unrettbar verloren, was tut's schon, wir leben alle, wir durften überleben! „Komm, Martin, es wird alles gut! Ja, alles wird wieder gut!"
Ich trage den Buben zu uns hinauf, überall Schutt und Mauerstaub, nirgends eine Fensterscheibe und minus zwölf Grad. Wir hängen in der Küche alle erreichbaren Decken vor die Balkontüren, Tante schürt das „so friedliche" Feuer, wir sitzen um den Küchentisch, ich weiß es wie heute, wir aßen irgendeine Suppe. Dann Fleisch und Tantes unvergleichliche böhmische Knödel. Von der Innenstadt her kommt mit vor Angst aufgerissenen Augen und wirrem Haar, der Großvater unseres „Findelkindes" und lacht und weint und drückt den Buben an sein Herz. St. Ruprecht brennt, der Hauptbahnhof selbstverständlich, die linke Seite der Bahnhofstraße. Auf der Straße laufen aufgeregte Helfer und verzweifelt nach Angehörigen Suchende. Langsam weiß man, dass sehr viel, sehr viel getroffen worden war, viele Tote im St. Ruprecht-Kino, vollbesetzt, alle Menschen tot, Ecke 10. Oktober-Straße-Viktringer Ring das gro-

ße wunderschöne Gründerzeithaus ist ein Schutthaufen… alle, alle tot. Die Häuserzeile von uns nach Osten ebenfalls schwer getroffen, viele Tote, ein Abwurfstreifen durchzog die unschuldige Stadt über den Eislaufplatz an der Lend, auch alle tot, bis hinauf zum Kreuzbergl.
Wir hockten beim Küchenherd, Mutti, Vater, Tante und ich. Wir versuchten die Fenster mit Kotzen, Karton und Holz einigermaßen abzudichten, wir holten unser eiskaltes Bettzeug in die Küche und starrten ins Finstere, Strom gab es keinen, auch kein Gas, das Gaswerk war getroffen. Ganz schlimm war, dass auch das Museum einen Treffer in den Hof bekommen hatte, die Glasarkaden zerbarsten natürlich, das gesamte alte Inventar, vor allem vom Heimatmuseum, brannte wie Zunder. Das traf Vater tief. Und mich traf, dass das geliebte Konzerthaus völlig zerstört war. An diesem 16. 1. 1944 hätte ich beim Schülerkonzert den Bastien singen sollen… monatelange Vorbereitung war zunichte. Durch die Aufregung und die Kälte dieses Sonntages hatte ich auch viel von meiner Stimme verloren, es ging nicht nur mir so. Mein klarer Sopran kam nie mehr wieder. Viel später erst tat mir dies Leid.

Klagenfurt, 16. Jänner 1944

Wir werden gesät,
wir werden gemäht,
gedroschen,
gemahlen.
Oh vielfacher Tod, wer bäckt draus ein Brot?
    Und wer es dann bricht
    bei Nacht oder Licht?
Und wer nimmt uns hin,
weil nichts mehr ich bin
als Brosam. Hat keiner Gewinn.
    Wir werden gesät,
    wir werden gemäht,
    und kein's war zu früh,
    und kein's war zu spät.
Wer hat es gewollt,
wer hat es gedacht?
Die Träne rollt weiter
ins Licht? In die Nacht?

*Haus und Garten Viktringer-Ring 17
am 16. 1. 1944 total zerstört*

St. Georgen am Längsee

Wie die nächsten Tage vergangen sind, erinnere ich mich nicht mehr. Wir hatten keine Schule, wir versuchten, so gut es ging, uns einen Überblick zu verschaffen über all das, was sich so fürchterlich verändert hatte. Mutti weinte nicht um Haus und Garten, Mutti sammelte die Überreste unserer „Geflügelfarm" ein, gewaschen konnte man ja so vieles noch verspeisen, die große Kälte fungierte ja geradezu als Gefriertruhe, von der damals noch niemand eine Ahnung hatte. Fürstbischof Rohracher stellte uns Frierenden in den umliegenden Pfarrhöfen Wohnungen bereit, zumindest bis zur wärmeren Jahreszeit.

Der älteste Bruder unserer verstorbenen Mama war im Kloster St. Georgen „Moar" (Schweizer) gewesen. Er hat Ander (Andreas) geheißen, im Ersten Weltkrieg ist er in Galizien gefallen. Mama hat ihn sehr gerne gehabt und uns viel von seinen köstlichen Einfällen erzählt.

Ander und die blaue Schürze

"Anni, sei nicht so feig! Trau dich doch, nimm die zwei Schürzenzipfel wie Flügel und hupf! Du musst nur so wachteln mit den Zipfeln, wie die Vögel flattern!" Die dumme kleine Anni glaubt es wirklich. Wie gerne möchte sie doch fliegen können. Hoch, noch höher als die Schwalben oder wenigstens so hoch wie ein Spatz. Von so hoch oben herunterschauen muss herrlich sein. Einmal war sie ja schon den Brüdern nachgekraxelt auf den Birnbaum, hui wie winzig waren da die Gänseblümchen, die Anni so gern hat.
"Hupf doch, trau dich!" Anni steht oben auf der Gottlob nur bis zum Küchenfenster reichenden, schön aufgeschlichteten Holztristen. Soll ich? Das Herz pumpert... soll ich wirklich? "So probier doch endlich das Fliegen, ich fang dich schon auf." Anni schnauft. nimmt die blauen Schürzenzipfel und versucht zu flattern. "Ander, es geht ja nicht." "Freilich geht's, narrisches Dirndl, du musst fester wachteln und flattern!" Anni flattert nun mit ganzer Kraft. Hui, sie springt wirklich, den Kopf nach hinten geworfen, schaut sie zum blitzblauen Himmel hinauf und verfehlt natürlich die weit offenen starken Arme des Bruders. Gott sei Dank ist nichts passiert, das frühlingsnasse Gras ist weich wie ein Polster... Anni ist per-

plex – und dann weint sie natürlich und schreit: „Ander, Ander, du, du, du Tokka, du grauslicher Tokka!!!"

Ander und die Prozession

„Kommt's her alle zu mir, mir ist grad was eing'fallen!" Anni ist trotz Flugversuch mit Landung im Gras von Anders Ideen fasziniert. Sofort gibt sie ihm die geforderte blaue Schürze. Ander bindet sie an einen Stecken. „So, das ist jetzt die Fahne und wir machen am Waldrand oben eine Prozession." Ander trägt feierlich die Fahne. Ein paar Buben und Dirndln gehen fromm hinterher. „Du, Ander, jetzt müssen wir was beten, fang an!" Ander wie immer nicht verlegen, stimmt psalmodierend an: „Heischreck, Heischreck, der bei der Tenntir geklemmt is worn." Und dann gemeinsam mit den „frommen Teilnehmern" laut murmelnd: „Heifi, heifi Leit gehn nach, die Lippitzbåcher und die Oberdåcher." Und dann wieder lauter: „Heischreck, Heischreck, der bei der Tenntir geklemmt is worn." Da ist die Wegkreuzung mit dem Marterl. „Ander, hör auf, des derf ma nit, da huckt oft der Teifl drauf." Stille. Ander bindet die Schürze ab und der Anni um. „Bist halt

Pfarrhof in St. Georgen

a Mamazartele, hern ma halt auf, es is ja lei a Spaß!"

Wir hatten also sozusagen eine Beziehung zu St. Georgen und nahmen das Angebot gerne an, vorläufig in den „Prälatensaal" des Pfarrhofs zu übersiedeln. Der Pfarrer, Pater Dahn, war ein Marianhiller Pater, weltfremd und verschlossen (er wollte mir unbedingt Griechisch beibringen), er wurde von der Haushälterin „Frau Anna" betreut. Wie einige unserer wichtigsten Möbel hinauftransportiert wurden, weiß ich nicht mehr, auf alle Fälle auch das Klavier, Melitta, unterrichtet von Frau Prof. Aprissnig, spielte ja schon sehr gut. Schwester Annemarie war zu dieser aufregenden

Zeit Lehrerin in Prädassl, Oberkrain... Vicky irgendwo an der Front.

Am Samstag vor dem 30. Jänner packten Melitta und ich Holzscheiter auf unsere große Rodel, banden das Holz sehr fest und durften hinten auf einem mit Holzgas betriebenen Lastwagen unter mehreren anderen Mitfahrern bis zum „Hunnenbrunn" aufsitzen. Es war wohl die überstandene Angst und Aufregung der letzten 14 Tage, dass Melitta und ich am Fußweg hinunter zum Längsee ununterbrochen gelacht haben, erlösend gelacht, der Schlitten fiel um, wir lachten weiter und das „Schloss" St. Georgen war noch weiß Gott wo auf der anderen Seite vom See.

Endlich angekommen, sollten wir im Prälatensaal einheizen. Das ist leicht gesagt. Der Ofen war ein Rokoko-Kunstwerk, das eher nach Schönbrunn gepasst hat. Das Ofenloch klein, der Abzug schlecht, aber es ist uns doch gelungen. Die Eltern, die am nächsten Tag nachkommen wollten, sollten es wenigstens warm haben. Frau Anna in der Pfarrerküche hatte auch Mitleid mit uns und lud uns zum Essen ein, wir schmausten vergnüglich. Dann ging's zu Fuß zum Bahnhof, drei Kilometer bergab und mit dem Zug nach Glandorf, Melitta und ich waren bei Bärbl übers Wochenende eingeladen. Es war schon dunkel und kalt, sehr kalt.

Am Sonntag dann strahlend blauer Himmel über

Vater in St. Georgen

dem Zollfeld, Raureif, die Berge kristallklare Wächter im Süden, der Obir, die Koschuta, der Mittagskogel, der Triglav, schön wie immer. Wir gingen nach dem Mittagessen zu einem Abhang des Magdalensbergs rodeln. Die gleißende Mittagssonne strahlte fast senkrecht auf den Hang, der Schnee sprühte Funken, das Tal lockte zur

Rodelfahrt in die… leider viel zu unterschätzte Tiefe. „Gitta, bist du wahnsinnig, da kann man nicht hinunterfahren, spinnst du?!" Gitta: „Den Mutigen gehört die Welt!!!"

Die „Mutige"

Befund aus der Unfallambulanz des Krankenhauses von St. Veit an der Glan vom 30. Jänner 1944:

> Patientin: Gitta Nagl, geb. 9. 7. 1925 in Klagenfurt
> Bei einer gewagten Rodelfahrt am Magdalensberg Sturz über 5 Meter hohe Böschung. (Steinige Wiese)
> Trümmerbruch des rechten Oberschenkels, 6 cm lange Platzwunde occipital
> Tiefe Risswunde Oberlippe
> Abschürfungen, Prellungen
> Commotio, dzt. 15 Uhr, noch nicht ansprechbar
> Erste Hilfe an der Unfallstelle leisteten zwei englische Offiziere aus der Gutsverwaltung Stadlhof, als Kriegsgefangene. Einlieferung auf einem Bügelbrett quer durch die Autofenster des herbeigeholten Gemeindearztes von St. Veit, Dr. Brandl.
> Zugverband (6 kg), Wundversorgung, Lippe nicht genäht.

So, das war nun ich. 14 Tage danach erst konnte ich klar denken, Melitta und Bärbl saßen an meinem Bett, wo? Auf der Geburtshilfestation in St. Veit an der Glan, die sonstigen Betten waren noch, wie in Klagenfurt, von den Bombenverletzten des 16. 1. belegt. Bis 2. Juli war dieses Zweibettzimmer nun mein Zuhause. Vorerst vier Wochen Zugverband, Nagel durch den Schienbeinknochen und 6 kg Gewichte über eine Konstruktion von Draht und Rädchen, dann zwölf Wochen Gips von den Schultern bis zur rechten Sohle, nur über dem Magen ein rundes großes Loch. So mühsam war das damals. (Von der Möglichkeit einer Knochennagelung wusste man in St. Veit offensichtlich nichts, mein Operateur war ja Gynäkologe.) Freilich, mein rechtes Bein blieb bis heute stark verkürzt.

Krankenhaus St. Veit/Glan (2003)

Dieser Unfall war rückschauend eine ganz wundersame Fügung, ich war für sämtliche kriegsbedingten Einsätze untauglich, musste weder zum Reichsarbeitsdienst noch als Funkerin bis nach Norddeutschland, wurde kein Hilfsjahrmädchen und konnte in Ruhe das 7. Gymnasium mitlernen. Leider war St. Veit nicht Klagenfurt und das Lernmaterial musste noch extra zu mir gebracht werden. Kopierer gab es eben auch noch nicht... damals als ich 19 Jahre alt war.

Das Spital von St. Veit gehört dem Orden der Barmherzigen Schwestern. Parterre zwei Männerabteilungen, rechts Chirurgie, links Interne. Die Stationsschwester im Parterre, wirklich völlig allein zuständig für schlechthin alles, war die „gewaltige Schwester Kamilla". Schwester Hildegard aus der Ambulanz (zwei relativ kleine Räume) sprang zwar manchmal ein, wenn sie konnte, besonders wenn es um schwierige Verbände ging, lagen doch auch Frischamputierte hier, oder bei Patienten mit schweren internen Erkrankungen.

Im ersten Stock gab es Unterschiedliches. Ein relativ großes Kinderzimmer mit Schwester Johanna, zwei große Frauensäle, Chirurgie, Gynäkologie und Unfall zugleich, ein Zimmer für geschlechtskranke Mädchen, ein winziger Kreißsaal und ein Privatzimmer für Sr. Praxedis, die Hebamme. Eine Schwester Klara besorgte einfach alles, flitzte umher und war schlechthin unersetz-

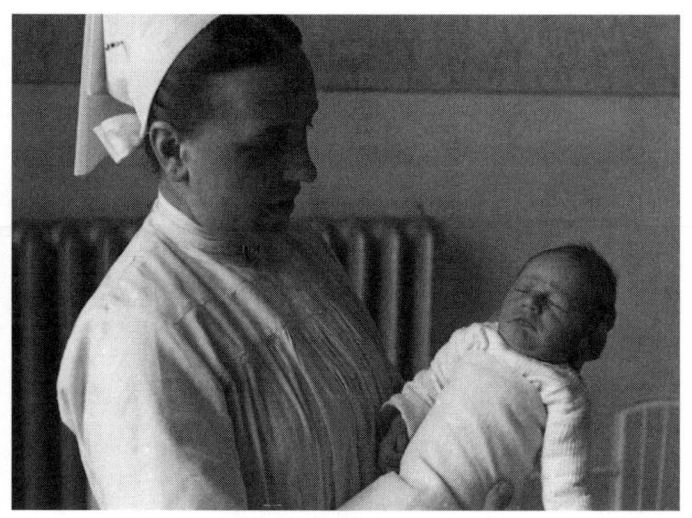

Sr. Praxedis in Aktion

lich. Schwester Pia war Operationsschwester und Aufräumerin im Operationssaal zugleich, im Röntgen war einfach immer gerade die Schwester, die dafür Zeit hatte. Der Röntgenologe hieß Dr. Altenstrasser.

Was macht man als Neunzehnjährige mit Liegegips? Die aufregendste Strapaz war natürlich der immer öfter zu hörende Fliegeralarm. Man trug mich, solange ich keinen Absatz angegipst hatte, in den Keller. Nun ja, über uns Bettlägerigen lagen die glühheißen Heizungsrohre… echt „ermutigend".

Im Zimmer oben betreute uns Schwester Rosalinde, eine Laienschwester, die ich sehr gerne mochte, sie mich auch. Auf alle Fälle hatte ich ja unendlich viel Zeit zum Lesen, zum Nachdenken, zum Nachlernen. Die beiden Ärztinnen, Frau Dr. Koplischke und Frau Dr. Dobusch brachten mir ihre Bücher, ich begann systematisch auswendig zu lernen, was immer an Lyrik vorhanden war, aber auch die wunderschönen Balladen aus dem Echtermeier.

Dann lernte ich einfach „Schauen" und benützte dazu die dicken Kunstbücher über Gotik, Romanik, Barock in ganz Mitteleuropa und ging im Geiste einmal durch den Bamberger Dom, dann durch das Straßburger Münster, bestaunte den Bamberger Reiter, wanderte durch die Kirchen der österreichischen Barockstraßen. Überhaupt, im Bett versuchte ich ganz Österreich vom Bodensee bis ins Burgenland zu durchwandern, war doch das Wandern mit Vater in der von Klagenfurt aus erreichbaren Umgebung ein für alle Mal unwiderruflich vorbei. Dass ich von sämtlichen Kärntnerliedern und allen Liedern der Jugendbewegung alle Strophen auswendig konnte, gehörte zu meiner Freude. Im Spital gab es ja keine Musik, also habe ich wenigstens im Geiste alles gesungen.

Das Krankenhaus hatte zentral eine Kapelle – natürlich dem Stil des 19. Jahrhunderts entsprechend – nicht mein Geschmack. Aber es war eben dort der Tabernakel und sonntags konnte ich durch irgendeine Transportweise zur Heiligen Messe. Wie bisher in meinem Leben wusste ich, „… in Ihm leben wir, in Ihm bewegen wir uns und in Ihm sind wir…" und große Geborgenheit erfüllte mich und ich konnte damit auch meine Besucher, vor allem meine Eltern und Melitta überzeugen, dass es mir eigentlich außerordentlich gut gehe.

Nach meiner Entlassung blühten eben noch die späten Birnbäume und um St. Georgen waren die Erdbeeren reif. Melitta und ich, wir setzten uns einfach mitten in so ein Gewirr eines Erdbeerschlages und brauchten nur rundherum abzuernten. Köstlich! Wie ging es nun weiter mit dem klapperdürren gipslosen Bein? Herr Univ.-Prof. Dr. Wittek in Graz betrachtete meine Gehwerkzeuge…

„Wenn kein Krieg wäre, würde ich den Oberschenkel noch einmal bre-

Erste Schritte ohne Gips, 25. 4. 1944

chen und versuchen, die verpatzte Fraktur einigermaßen zu reparieren und das Bein zu verlängern. Aber so, Kinderle, üben Sie laufen, laufen, laufen, das ist derzeit viel wichtiger, überlebenswichtig!"

Also übte ich, das Schwimmen im Längsee tat das Übrige, langsam wurde ich zu einer „leise hinkenden Gitta" und hielt nach einer Reihe durchzustehender Prüfungen Mitte Oktober 1944 meinen „Reifevermerk" in den Händen, der mich befähigen sollte, das Medizinstudium in Graz, Wien oder Innsbruck zu beginnen.

Um für Medizin inskribieren zu können, musste man damals drei Monate als Krankenschwester arbeiten. So fing ich am 23. Oktober im ersten Stock des St. Veiter Spitals bei der „flitzenden Schwester Klara" an und fiel nach dem ersten Tag, zum Umfallen müde, in mein Bett über einem Ziegenstall.

St. Veit an der Glan

Wenn man damals hinter dem alten Spital hinauf zum Schloss Frauenstein oder nach Mühlbach gehen wollte, musste man an einer „Keuschen" vorbei, einem Häuschen mit steilem Giebel, Holzveranda und einem kleinen Ziegenstall darunter. Das Haus war so in den Hang hineingebaut, dass der hintere Dachfirst in der steilen Wiese verschwand. Das Häusel war der Stolz, weil aus Erspartem erbaut, eines gealterten „Fräuleins" von der Post, unverheiratet, Schirmfrau und finanzi-

*Das blieb von Sabines Häuschen
links unten stand der Brunnen (Foto 2003)*

elle Totalerhalterin eines Priesterstudenten in Innsbruck (er wurde wirklich ein sehr guter Pfarrer in Vorarlberg). Dr. Maier vom Dom hat mich diesem „Fräulein" im Bezug auf Unterbringung ans Herz gelegt, war er doch einige Jahre Kaplan in St. Veit gewesen. Kurz und gut, über dem Ziegenställchen der „Heiligen Kuh der Milchversorgung im Kriegsjahr 5" war eine Kammer. Der Geruch von Heu, Mist, Holz und Honig (es gab fünf Bienenstöcke im steilen Gärtchen) war wie auf einer Almhütte, irrsinnig gemütlich für meine damaligen Begriffe. Ein Bett, ein Tisch, ein Sessel, ein hölzernes Wandtürl in die anliegende Küche mit dem Kachelherd, in dessen „Kupferschiff" unser Waschwasser warm wurde. Fräulein Sabine war gerade als stolz pensionierte Postbeamtin sehr akkurat und penibel, alles war blitzblank und der Ziegengeruch war ihre Wonne. Wie selten war damals der heute so häufige Name Sabine. Kurz und gut, dort bin ich eingezogen mit den wenigen Sachen, die ich zu brauchen meinte... geliebte Bücher, eine Vase, ein Bild der Sixtina, ein Knabenkopf von Verrocchio, ein Kreuz aus Keramik und natürlich ein Leuchter mit Kerze, und, beinahe hätte ich es vergessen, eine Mundharmonika und eine sehr alte Spieldose aus dem Nachlass unserer Großmutter.

Wie schon gesagt, war der erste Tag mit der flitzenden Schwester Klara für mich mit dem Hinkebein doch einigermaßen ermüdend. Es war ein finsterer Oktobertag, aber mein Inneres sprühte von Tatkraft, Neugierde, Wissensdurst und Begeisterung. Endlich war ich dort, wo ich hingehörte, jeder Schritt war ein Stück Weg zum ersehnten Ziel meines Berufes.

Abends kam vom Kinderzimmer heraus eine Rotkreuzschwester, Clara Numero zwei, sie schrieb sich mit „C". Wir beide erkannten sofort unsere Zusammengehörigkeit. Keine Ahnung warum. Clara war aus Westfalen, sehr ernst, sehr still, acht Jahre älter als ich. Ich verdanke ihr bis heute die für mich in meinem späteren Beruf so wichtigen Ausformungen notwendigster Disziplinen. Pünktlichkeit (diese Eigenschaft lag schon in meiner Wiege, oft zur Erheiterung mancher Mitmenschen), unbedingte Reinlichkeit und Sauberkeit im Umgang mit Patienten (Clara war bereits drei Jahre an der Front gewesen und kannte nur zu gut Papierverbandszeug, Zellstoffverschleiß, sparsamsten Verbrauch von Medikamenten, dem kostbaren Marfanilpuder, dem ebenso kostbaren Prontosil, Äther, Chloroform...), vor allem aber bestätigte sie mir das Wissen um die geradezu verpflichtende Eigenschaft des absoluten Eingehens auf den jeweiligen Zustand des Patienten. Lächeln, wenn nötig, mitleiden, wenn nötig, kein Theaterspielen ewiger Fröhlichkeit... Trauer und Beistand... Hoffnungsträger sein und zutiefst ehr-

*Sr. Clara, bereits Ordensfrau
in Norwegen*

lich und wahr. Unser gemeinsamer Glaube an den Herrn verband uns nur umso mehr. Ich erinnere mich noch so genau an den ersten Abend in ihrem Zimmer im Spital. Wie froh war man damals, wenn jemand die gleichen Bücher auf dem Kasten stehen hatte, und genau wie wir drei Schwestern zu Hause, das Laienbrevier aus Seckau kannte und die Verse auswendig konnte. Wiederum wie auf der Diphtheriestation das: „… denn Seinen Engeln hat er befohlen um deinetwillen…"

Auch nach dem Krieg, als unsere Lebenswege auseinander gingen, sie wurde Missionsschwester in Afrika und später im norwegischen Orkanger, blieb sie für mich ein „Geschenk", unzählige Briefe verbanden uns bis zu ihrem Tod.

Was habe ich nicht alles von Clara gelernt. Bald wurden wir immer nur im Doppel gerufen, egal wohin, in den OP, in die Unfallambulanz, zum Verbandwechseln oder ins Kinderzimmer, ins Kreißzimmer, oder zum Essen austeilen, zum Schüssel tragen und Betten machen, zum Vorsingen und Bilderbuch vorlesen den Kleinen mit den Osteomyelitiden, den aufgeklappten Kniegelenken voll übel riechendem Sekret, oder zum Insulin spritzen und zum Äthertröpfeln, kann man sich das heute noch vorstellen? Natürlich spritzten wir auch i. v. und sogar meist sehr gut. Phyllocormin, Strophantin, Glukose… Ringerlösung.

Damals im Herbst und frühem Winter begannen die Einflüge kleiner Flugzeuge, man nannte sie allgemein Partisaneneinflüge, bzw. Hornissen. Sie flogen sehr nieder, oft an den Spitalsfenstern vorbei, man arbeitete einfach ruhig weiter, man gewöhnte sich daran. Es gab noch sehr sonnige Herbsttage, klare Sicht, alles war zum Greifen nah. An einem Sonntag Nachmittag ging ich mit Clara zum Schletterhof. Bärbl, ihre Familie und die kinderlandverschickten Berliner Schüler waren nach Oberbayern übersiedelt in den Ansitz der Familie des Vaters. In der Landwirtschaft trafen wir auf den jungen Bauern, er borgte uns seine zwei sehr kleinen, fast zierlichen Pferde. Mit Bärbl war ich im Sommer 1943 ja öfters die weiten Glanwiesen dahingaloppiert, hinter dem hohen Zaun stürmte die ganze Weideherde voll Lebenslust mit – unvergesslich. Clara und ich ritten an diesem Sonntag bis zur Burg Hochosterwitz und dann über die Hügel und Wiesen zurück nach   St. Donat, kein Flieger störte uns, wir trabten still und genießerisch dahin, Clara war ja alles eher als am Pferderücken zu Hause.

Einmal kam es anders. Wir hatten wieder einmal kostbare freie Zeit und wanderten zum Schloss Frauenstein. „Hallo!" Aus einem offenen Fenster rief man: „Schwester Clara, Schwester Gitta! Kommen Sie doch herauf zu einer Tasse Tee!" So eine Überraschung! Die Besitzer waren bereits weg, die Wirtschafterin aber dageblieben. Sie kannte uns aus der Ambulanz, die sie einmal aufsuchen musste. Am Heimweg jedoch flogen die kleinen Flieger gar nicht mehr harmlos über den hohen Fichten dahin. Wir stürzten in das nächste Dickicht und die MG-Kugeln zerfetzten ringsum das Moos. Dabei roch das Moos so gut nach Schwammerln – komisch, nicht wahr, wie sehr hatte man sich an solche Erlebnisse bereits gewöhnt.

Weihnachten bekam ich frei und ging über Taggenbrunn und die „Schwag" hinunter zum See und dann hinauf in den Pfarrhof zu den Meinen. Auch Tante Božena war da. Es war mein letztes Weihnachtsfest mit Vater, Mutti, Tante Božena und Melitta. Erstmals in meinem Leben nur ein kleiner Christbaum am Schreibtisch, liebevoll geschmückt, sogar mit einigen Kugeln von daheim und den geliebten Glasvogerln. Mutti hat unten in der Pfarrküche sogar Kekse gezaubert, das Backblech wurde mit Wachs eingeschmiert, der Teig mit Karotten verlängert, die kunstvolle Karottentorte wird noch heute in meiner Generation oftmals gebacken, sie ist echt köstlich. Wir sangen die alten Lieder, ich sagte wie stets bis auf den heutigen Tag nach dem Weihnachtsevangelium die „Dreikönige" von Rilke auf… „einst als am Saum der Wüste sich auftat die Hand des Herrn, wie eine Frucht…". Wir waren alle ziemlich ergriffen, Vater weinte. Viktor vermisst, Annemarie in Jugoslawien… Tante Božena hat für Melitta und mich je sechs schneeweiße Taschentücher umhäkelt, wunderschön zart, breite Spitzerln. So eine Arbeit, aber das machte sie im Handumdrehen. Vater schenkte mir einen neuen „Echtermeier", Mutti uns allen eben das Gebackene und Gekochte für ein sehr gutes Festessen am Christ- und Stefanitag, alles im Ofenloch gezaubert!

Es lag tiefer Schnee und ein eisiger Wind tobte vom Glantal herauf, minus 14 Grad. Eingewickelt mit allem, was wir hatten, gingen wir den kurzen Weg zu der damals sehr desolaten Klosterkirche. Im Klosterbau der gewaltigen großen Benediktinerinnen-Abtei aus dem 12. Jahrhundert, wohnten zur Zeit Tuberkulosekranke aus Klagenfurt und eine ziemlich große Kompanie von Männern der Organisation Toth. Niemand von denen kam zur Mitternachtsmesse und, ja so war es, auch fast niemand aus den umliegenden Dörfern. Pater Dahm sprach auch nur wenige Worte, eine Frau hatte Tannenzweige gebracht und Anna aus unserem Pfarrhaus hatte eine verstaubte Krippe aufgestellt. Es war alles so unwirklich, wie in einem fantastischen Roman. Über uns allen lag vor allem die Sorge und Angst, was das Jahr 1945 noch bringen würde. Und es brachte vieles. Sehr, sehr vieles!

Die Tiere im Stall

Es war ihr wohl kalt
Der Schneereinen, Schweren
Mit hohem Leib
Und Beladenheit
Um des Kindes willen
Und sie kniete im Gehen
Auf einmal nieder,
harrend der Wehen…
    Kein Engelgefieder
    fächelte Tröstung
    nur seine Hand,
    des Angelobten
    schirmende Nähe
    und Mantelfalte
    barg ihr Frieren
    vor dem eiskalten Mond.
Die Nacht lag in allen Brunnen
Und wagte kaum zu sternen,
Da – wie ein warmer Traum
Aus tiefen Südens Fernen:
    Es schnauben zwei Tiere,
    ein Ochs und ein Esel,
    und rundherum ist Stall
    und Wärme und Frieden
    und Heimstatt und Stille
    – und sieh, da vollzog sich
Gott Vaters Wille.

Der kleine Hirte

*Er war der Kleinste,
winzig an Jahren
und unerfahren
im Hirtengebaren
und schläfrig
und müde
und rundherum satt.
　Da hat ihn berühret
　ein Engelsflügel,
　da hat er gespüret
　am Hirtenhügel
　den Einbruch des Glanzes
　und als ein Ganzes
　hat er sich selbst
　wie das winzigste Schaf
　hinbeweget
　zum Kindesschlaf
des Gotteswortes
als Menschen-Sohn
und Honig und Süße
gleich im Paradiese
war des jüngsten Hirten,
des winzigsten,
Lohn.*

Vaters Tod

Am 15. Jänner war ich nach einem sehr anstrengenden Fußmarsch bei bitterer Kälte wieder im Spital. Wie warm kam mir das Krankenhaus vor, wie lieb begrüßten mich alle, wie freute sich Clara. Im Stiegenhaus kam mir der Chef entgegen: „Schwester Gitta, wir haben gestern spät abends ihren Vater operiert! Eingeklemmte Leistenhernie, es war allerhöchste Zeit! Ein Arzt von der Organisation Toth brachte ihn mit dem Militärauto zu uns, wir mussten gleich in den OP." „Wo liegt er? Mein Vater?" Genau in dem Zimmer, in dem ich ein Jahr vorher fast zur gleichen Zeit mit meinem Beinbruch gelegen war. Vater ist noch nicht ansprechbar. Es beginnen die Sirenen zu heulen (die Einflüge der kleinen Flugzeuge wurden nie mehr angekündigt) und Vater wird in den Luftschutzkeller getragen. Mutti kommt, mit Melitta… Vater ist unruhig, will aufstehen, ist verwirrt, erkennt uns nicht. Damals hatte ich keine Ahnung, dass es eine Krankheit namens Parkinson gibt (nur Vicky wusste es, er war mit Vater in Wien beim Neurologen gewesen), erst im Rückblick erinnere ich mich an Vaters kleine, tastende Schritte beim Gehen. Später erst lernte ich aus Erfahrung in meiner Praxis, dass Parkinsonpatienten operative Eingriffe cerebral sehr schlecht vertragen, noch dazu unter Äthertropfnarkose.

Vater ist nicht mehr ansprechbar geworden. Er kam zwar immer wieder nach dem Alarm zurück in sein Zimmer, Besuche aus Klagenfurt kamen, er erkannte niemanden mehr und war erbarmungswürdig in seiner Unruhe und Verwirrtheit. Wir mussten ihn oft festhalten. Wieder Alarm, wieder hinunter, am 19. Jänner wurden die Klammern entfernt, die OP-Wunde war gut verheilt, Pflaster drauf und Entlassung. Frisch Verletzte brauchen das Bett. Entlassung ja, aber wie? Es gab nirgends ein Auto und wenn schon ein Auto, dann kein Benzin. Wir merkten deutlich, dass es mit Vater nicht gut weiterging, Clara meinte auch, wir sollten ihn heim nehmen. Sie trieb irgendwie einen Leiterwagen mit Pferd auf, Matratze gab das Spital, auch Decken und Polster, viel Heu darüber und auf ging's über Goggerwenig die Landstraße bis St. Georgen hinauf. Eisiger Wind, ich saß bei Vaters Kopf, Melitta und Mutti gingen daneben. Es war Freitag. Am Sonntag, den 21. Jänner 1945, während Pater Dahm die heilige Messe las, starb unser Vater. Mutti war bei ihm. Nach nur sieben Jahren an seiner Seite ist diese tapfere Frau zur Witwe geworden. Annemarie im besetzten Jugoslawien wurde genau am gleichen Tag 23 Jahre alt. Vater lag in einem Zimmer im Pfarrhof aufgebahrt. Ich bekam Urlaub, Mutti verständigte sich

mit den wenigen Bekannten aus dem Kloster und erreichte etwas fast Unmögliches, sie fand sozusagen einen Sarg. Man muss sich das erst einmal vorstellen! Dabei sagten die Leute: „Ach der Herr Regierungsrat ist wenigstens eines normalen Todes gestorben. Wer weiß, was noch Fürchterliches auf uns zukommt!" Und zur Untermalung heulten von St. Veit herauf die Sirenen.
Ich wollte nach Klagenfurt, um erstens Tante Božena zu verständigen und dann Vaters priesterlichen Freund, den Dechant Maier im Gurkerhaus zu bitten, Vaters Begräbnis zu übernehmen. Er sagte sofort zu und kam mit dem Pferdeschlitten bei minus zwölf Grad zu uns hinauf, um Vater zu begraben. Und da standen wir nun zu fünft beim frisch aufgegrabenen Loch. Eisbrocken und gefrorene Erdschollen ringsum und der nach frisch geschnittenem Holz riechende, fast weiße Fichtensarg verschwand im Loch. Wir haben alle erst viel, viel später um Vater geweint, es war alles so unwirklich, so unfassbar, so etwas gibt es doch gar nicht, das sind doch alles nur Geschichten aus einem Buch – oder? In der Pfarrhofküche gab es dann Tee und ein unvergessliches Milchbrot aus säuerlichem Mehl... auch Anna saß ja auf ihren gehorteten Schätzen drauf.
Geweint habe ich erst bei Milli draußen in der Kinkstraße. Da kam es über mich, Milli kannte mein Schicksal ja seit Mamas Tod. Als wunder-

volle Partnerin für alles und jedes hatte sie mir unzählige Male inwendig geholfen und mich immer verstanden. Zum zweiten Mal weinte ich dann im Geißenstallzimmer fast eine ganze Nacht hindurch und empfand meine Verantwortung für Melitta und auch für Mutti, war ich doch nun sozusagen die Älteste. Sooft ich konnte, ging ich nun nachts über Taggenbrunn nach Hause hinauf, gut zwei Stunden hin, morgens früh musste ich um sieben auf der Station sein. Manchmal begleitete mich Clara. In diesen eisigen Wintertagen war der Himmel so unsagbar klar und der Orion leuchtete überirdisch. Wie gut und ruhig waren unsere Gespräche, laut sagten wir oft gemeinsam im Wald den Psalm 91… oftmals ich allein, wenn Clara nicht weg konnte. Einmal waren Wolken am Himmel. Die Wienerstraße war beleuchtet, hinter dem Durchlass aber in Richtung zur Burg Weihern war es so stockfinster, dass ich den Weg zwischen den Äckern nicht mehr sah. Ich musste niederknien und tasten wo ich Wagenspuren finde und in diese Spuren habe ich dann Fuß vor Fuß gesetzt. Hinter der Wimitz wurde es dann heller und beim Wald oben kamen die Sterne heraus und mein geliebter Orion und die Kassiopeia leuchteten mir.

Der Orion

Von allen Sternbildern ist mir bis heute das des winterlichen Orion das Liebste. In der griechischen Mythologie erscheint er als schöner, riesiger Sohn des Poseidon, der ihm die Gabe, über das Meer zu gehen, verliehen hatte. Hera, auf seine Gattin Side neidisch, warf diese in den Hades. Orion erblindete. Von den Strahlen der leuchtenden Sonne berührt, wird er geheilt. Weil er die schönen Plejaden, seine Töchter, jagt, verwandeln sich diese samt ihrem Hund in Sterne... später zu Kometen. Er selbst wird zum bekannten Sternbild am südlichen Winterhimmel Europas, alle anderen an Leuchtkraft übertreffend.

Dieses sein so reines Licht, der Waffengürtel um seine Mitte, an dem ich immer ein blankes Schwert vermutete, machten es wohl, dass ich immer auf ihn wartete. Mit den strahlenden Füßen weit ausgreifend stieg er über Petzen und Obir herauf, bestrahlte die kalkweißen Schroffen der Karawanken, den Koschutnikturm, beinah zu hell, fast heller als der Wintermond, wenn er voll ist.

Mit seinen spitzen Lichtfingern grüßt er das schlafende Wild im Tal oder in den Drauauen, denn die Hasen wissen längst, dass er kein Jäger mehr ist und dösen ruhig weiter, sie müssen nicht da-

*vonrennen und mit weit gestreckten Läufen die
Kühe auf den Weiden überspringen.
In Innsbruck wandert er die Hänge gegen Südtirol entlang. Am Gornergrat war mein Himmelsfreund nur noch Pracht und Herrlichkeit, sogar
das Matterhorn errötete vor Scham ob dieser alles
aufdeckenden Beleuchtung.*

Orion

*Ich sehe, dass du dich ärgerst,
stolzer Jäger.
Zu grell ist heute dein Glanz
am leeren Waffengürtel.
Die Rehe und Hirsche wissen dies längst,
du eilst ja nur deinen Töchtern nach
vom Magdalensberg
bis ins ferne Drautal im Westen.
Dort harren sie dein,
die Plejaden.*

Erinnerungen an Vater

Verstecken spielen

Mama: „Um Gottes Willen, nicht so wild, der Herd wird noch zusammenbrechen! Die arme Küchentür!" Was haben Herd und Küchentür mit Verstecken zu tun? Ja, das war es eben. Vater musste „einschauen" und laut zählen bis zum „ich komme". Wer von uns dreien die Geschickteste war, saß dann bereits in der Küche ganz oben am gekachelten Herd, versteckt hinter Spandeln, hingeduckt wartend: wird Vater mich finden? (oh holde Naivität!)

Wie kommt man da hinauf, obwohl Abendessen gekocht wird? Eben so: Küchensessel, Küchentisch hinter der breiten Türe, dann beide Füße auf eine Türschnalle, Abstoßen, zum Kupferschiff des Herdes „fahren", es ist zwar ziemlich heiß, aber so schnell verbrennt man sich nicht, einmal noch sich hochziehen und schon ist man oben, hoch oben hinter dem Holz... na, gut gemacht? Meist gelingt es Melitta als Erster, sie ist ja ein halber Bub, sagt Vater zärtlich.

Der Vorzimmerkasten mit den Wintermänteln

war auch ein herrliches Versteck, dann die vielen Winkel unter und hinter den Möbeln oder gar am Balkon hinter der aufgehängten Wäsche.

Vater kann herrlich suchen und null und nichts, absolut nichts finden von einem Zipfelchen seiner drei.

Das Finden war dann natürlich dementsprechend laut, sehr zum Leidwesen des Hausherrn in der Wohnung unter uns, der auch der Grund war für ewiges Patschen anziehen und ja nicht hüpfen, springen oder Sessel rücken. Seine stille, herzensgute Gattin musste nicht wenig mit ihm mitmachen. Lange hat sie ihn überlebt, sie hätte wohl gern selbst Kinder gehabt anstelle ihres schwarzen Struppi-Hundes. Da außer unserer Familie keine Kinder im Haus wohnten, war das für uns natürlich oft ein Pech. „Er" starb in den 50er Jahren, gerade als Annemarie und ihr Mann die kleine, neugeborene Elisabeth durch die jasmingeschmückte Wohnungstür heimbrachten. Elisabeth durfte also nach Herzenslust krähen.

Alltäglichkeiten

Zum Alltag gehörte das regelmäßige Hinbringen und Abholen von Vaters steifen Hemdkragen und

Wäscherei Umlauft, Paulitschgasse
(Foto Hilde Umlauft)
Tgl. frische Hemdkragen und Manschetten

„Sommerwagerln" Bahnhof-Strandbad

Manschetten in die Wäscherei „Umlauft" (Tochter Hilde, gleich alt wie ich, hat mir bis heute ihre Freundschaft und Liebe bewahrt). Die rote Samtschachtel mit Seidenstickereien am Deckel – als kostbares Andenken liegt sie in meiner Bauerntruhe – enthält heute mein kleines Gebetbüchel zur Erstkommunion, unser altes Weihwasserkesserl und Vaters Pfeifentabakbeutel. Der hat mir immer imponiert, legte er sich doch nach Entnahme von Tabak selbstständig wieder in seine regelmäßigen Falten. Vater rauchte Pfeife oder Portorico-Zigarren, niemals Zigaretten. Die große Tabakdose war eigentlich keine Dose, sondern ein Gefäß aus Porzellan mit verschnörkeltem Muster, Vaters Pfeifen standen drin. Dieses Gefäß zu holen war nicht ganz einfach, stand es doch auf dem kleinen Bücherregal in Vaters Zimmer und dort war es zur Pfeifenrauchzeit meistens stockfinster. Ich fürchtete mich, das Licht der Straßenlaternen und das geisterhafte Herumtanzen der Kastanienschatten machten mir noch mehr Angst. Annemarie aber schaute überlegen. „Das mach ich doch so oft." Heute würde es wohl heißen: Das mach ich doch mit links. Sie war ja immerhin um drei Jahre älter. Vater rasierte sich täglich selbst, einmal in der Woche ging er zum Friseur Pelikan gleich neben der Realschule in der Bahnhofstraße. Herr Pelikan hat auch unsere Pagenköpfe „komponiert" ..., alle drei hatten wir ja seidendünne „Fe-

dern" als Haare. Annemarie brachte es später sogar zu zwei langen Zöpfen, mit denen sie noch als Junglehrerin im Metnitztal unterrichtete, bei mir reichte es für das Firmungsfoto nur für "Versuchszopferln" mit Maschen, einzig Melitta schaffte schließlich dunkles, natürlich gelocktes, schönes Haar. Wohl deshalb habe ich sie mehrmals in Kohle oder Rötel gezeichnet.

Vaters Morgenweg führte ihn zum Barometer am alten Kaiserjäger-Denkmal, damals vor dem Gasthaus "Zur Glocke" (jetzt steht dort dahinter die KELAG). Fällt es oder steigt es, war die Frage, die mit Großmutter erörtert wurde.

Mittags kam Vater pünklichst nach Hause zum Essen, er hatte ja nicht weit zu gehen: seine Kanzlei hatte er im Gebäude an der Ecke 10. Oktoberstraße – Viktringer Ring mit Vorgarten und Spalierbirnbäumen. Pünktlichkeit war höchst wichtig für ihn, oft hat er zu Hause seinen Ärger über die Unpünktlichkeit eines seiner Untergebenen abreagiert, der nie, aber schon niemals um acht Uhr beim Schreibtisch saß und zu arbeiten begann. Er hieß Heini, das weiß ich noch.

Vaters Meinung war: Unpünktlichkeit ist nicht nur unhöflich, sondern rücksichtslos gegenüber dem, der wartet. Uns ist diese Einstellung in Fleisch und Blut übergegangen – sicher zum Vorteil. Ich sehe Vater noch vor mir am Trottoir vor dem Haustor stehen und warten, wenn ich mich abends doch verspätete.

Vater hatte immer warme Hände, kurze, weiche, gute Hände. Auch bei bitterster Kälte trug er keine Handschuhe. Melitta und ich hatten trotz dem damals gebräuchlichen Muff (aus Hasenfell) immer kalte Finger... ich zeitlebens. Als Ärztin musste ich meine Patienten immer vorwarnen, dass sie beim Abklopfen oder Abtasten nicht erschrecken sollten.

Wenn an einem Feiertag keine Schulmesse oder sonst kein feierlicher Gottesdienst in unserer Domkirche stattfand, stellte sich Vater – und er war nicht der Einzige – ganz nahe zur Kanzel und formte mit seinen Händen eine Muschel hinter den Ohren als Tonverstärker. Dass er leicht schwerhörig war, habe ich aber sonst kaum gemerkt.

Handwerklich war Vater total unbegabt. Trotzdem begann er, uns zuliebe, aus Laubsägeholz nach komplizierter Vorlage kleine Puppenmöbel zu tischlern. Wir knieten auf den Sesseln, die Arme auf dem Tisch aufgestützt und schauten gespannt zu. Die Waschkommode z.B. war ca. 12 cm hoch, mit kleinen Laden und Türen, goldfarbenen Griffen, echten Scharnieren und winzigen goldenen Schrauben, und erst der Kasten, die Nachtkasteln! Wunderwerke! Danke Vater!

Papier, Papier: Das hatte bei uns daheim einen

sehr hohen Stellenwert. Zeichnen, malen, ausschneiden, falten, mit Pelikanol kleben, oder als schneereine Seite im Schulheft. Ich schrieb immer lieber auf der rechten glatten Seite als auf der linken umgebogenen. Papier war auch Vaters "Berufsmaterial". In großen, makellosen Stößen lag es in seiner Kanzlei, kariert, liniert, glatt und schneerein. Daneben eine Unzahl Tintenstifte in rot, blau, grün und schwarz in "Hartmuth"-Blechdosen. Für mich aber gab es was ganz Besonderes. Da Vater Chef der IEK, der Invalidenentschädigungskommission, war, lagerten bei ihm viele Fragebögen den Ersten Weltkrieg betreffend. Ich füllte begeistert Bögen für ausgedachte Veteranen aus, mit allen möglichen Behinderungen und Restbeschwerden, oft fürchterliche und zutiefst überzeugende Fälle (nicht ahnend, wie viele Papierbögen später im Beruf tatsächlich auszufüllen waren).

Wenn Vater heimkam, hörten wir immer schon vor dem Tor den Schlüsselbund klirren... sein erster Weg ging zu Mama und zu Großmutter und dann: überall Licht aufdrehen! Vater hasste Dunkelheit in der Wohnung. Wir Kinder saßen meist um den großen Tisch herum bei Aufgaben oder einer anderen Beschäftigung. Seine Zärtlichkeit versteckte er scheu hinter einer "Nuss" auf unsere Köpfe. Eine Ohrfeige aber haben wir von ihm niemals bekommen... höchstens, dass er, wenn es laut wurde, mit der Faust auf den Tisch schlug, und „jetzt aber Ruhe" schrie. Wir drei haben ja oft genug miteinander gestritten. Dabei habe meistens ich draufgezahlt, wollte ich doch immer „brav" sein, meine Schwestern brachte das – verständlicherweise – auf die Palme.

Vater fuhr sehr gern nach Wien. 1879 geboren, kannte er noch den Glanz und den Charme der Kaiserzeit. Eigentlich hatten wir mehrere Verwandte in Wien, die persönlichen Kontakte aber waren nicht allzu intensiv. Eine „Tant' Marie" wohnte in der Kaiserstraße. Ihre Familie besaß dort einen Betrieb zur Herstellung medizinischer Instrumente. Sie erzählte: Wie ich klein war, hat mein Vater aus der Maschinenhalle heraufgerufen: „Lasst's heut die Marie ja nicht auf die Straße, heut fahren die Erzherzöge nach Schönbrunn mit so einem neumodischen Auto. Das ist gefährlich!"

Der Diwan

Man konnte sich so wunderbar an seine rote Lehne „kuscheln". Heute würde man sagen „anschmiegen," klingt zu sentimental, „andrücken," stimmt nicht, welches Wort passt am besten für diese plüschsamtene, weiche Zuflucht, wenn man

müde war... oder Bauchweh hatte, oder Kopfweh (das hatte ich oft) oder einfach Sehnsucht nach Geborgenheit?
Ja, er hatte eine hohe, sehr hohe Rückwand und als Krönung zum Abschluss ein Bord, tausend- und mehrmals abgestaubt und dann die Zierfiguren wieder hingestellt. Eine davon war eine rosenrot-orangefarbene Meeresmuschel, abgeschliffen, damit sie standfest war. Wo mochte die wohl her sein? Wenn sie nicht ganz richtig hingestellt wurde, schaute ein Teil – Fuß sagte man dazu – herunter zum nachdenklich aufschauenden Kind. Das Meer in natura war ja völlig unbekannt, nur nach Bildern vorstellbar, manchmal glatt wie eben unser See, nur unfassbar weit, ohne Rand und Ende, manchmal wild mit grässlich hohen Wellen, Wogen sagte Großmutter dazu beim Bilderbuchanschauen. Es gab da ein Buch mit einem Schiff im Augenblick des Untergehens... wir textfaszinierten Kinder hörten dabei den Vater rezitieren:

> *Rau war der Wind und die See ging hoch,*
> *tapfer noch kämpft ein Schiff.*
> *Warum die Glocke so traurig rief?*
> *Seht, dort ragt ein Riff...*
> *Alle Mann an Bord! Das Schiff hat ein Leck.*
> *Macht euch bereit, macht euch bereit,*
> *nun fahren wir in die Ewigkeit!*
> *Gott sei mit uns!*

*Der Diwan mit (v. l. n. r.)
Mama, Annemarie, Gitta, Großmutter*

Aber immer schaute die rosenrote Muschel ja nicht über den Rand, gottlob! Dann zählte man lieber das Plüschmuster im Bezugsstoff. Es waren stilisierte Bäumchen, zirka 20 cm hoch, gegeneinander streng in Formen verschoben mit senkrechten Blättchen an den schnurgerade wegstehenden Zweigen. In der Wohnung gab es noch eine Kredenz mit ähnlichen Messingbeschlägen; ich fand sie immer scheußlich und genierte mich, wenn Besuch kam.

Die Seitenrollen konnte man nicht abnehmen, doch reichte die Sitzfläche immerhin als „Schulbank" oder der ganze Diwan als feierliche „Umrahmung", wenn der Fotograf Tollinger kam und ein „Familienbild" aufgenommen wurde. So war z. B. Melitta schon „ungeboren" dabei an Vaters „Fünfziger", am 11. Jänner 1929.

Wie und wann genau nach dem Bombensonntag vom Jänner 1944 unser beschaulicher Diwan wie durch ein Wunder für die nächsten zwei Jahre im Prälatensaal des Stiftes St. Georgen zum Stehen kam, weiß ich nicht mehr. Er passte ein bisschen seltsam in den großen, vierfenstrigen Saal mit niedriger Decke und Holzbohlenboden, für uns aber blieb er so wie der ebenfalls mitgenommene Tisch und das Klavier weiterhin eine Insel voller Zufluchtsgefühle.

Nach Vaters Tod in eben diesem Saal schlief ich oft darauf, zusammengekauert und fest an die Rück-

wand gedrückt meine drei bis vier Stunden, nach dem nächtlichen Fußweg von St. Veit über Taggenbrunn bis zum ebenso finsteren Morgenrückweg... allerdings mit dem hoffnungsvollen Hellerwerden im Osten bis zum Ankommen auf der Station bei Sonnenaufgang.

Später stand der Diwan wieder in der Wohnung am Viktringer Ring; Fotos von „Oma" (seit 1957 war Mutti zur Oma geworden) mit Kindern und Kindeskindern folgten. 1980 ist unsere tapfere „Stiefmutter" gestorben, die Wohnung wurde geräumt. Hier verliert sich die Spur des so mütterlich gütigen Diwans, den wir tausendmal lieber hatten als die Chaiselongue im Großmutterzimmer.

Raureif

Hinter der Kraulandvilla war ein unverbautes Stück Land, Steine, Baumstümpfe, umgekippte Wurzelstöcke: in Wien hätte man gesagt, eine „Gstättn". Bei einem kalten Winterspaziergang entdeckten Melitta und ich im Vorbeigehen, dass diese Gstättn unbeschreiblich in der Sonne glitzerte, funkelte voll Silberschmuck... zentimeterhohe Raureifblättchen verwandelten diese kleine

Winterwelt in eine fantastische Zauberlandschaft. "Bitte, Vater, lass uns morgen hier spielen." Dass es mit minus sechs Grad bitterkalt war, war uns völlig egal, wir durften tatsächlich in dieses kristallene Märchenreich allein spielen gehen... ohnehin nur 200 Meter von unserem Daheim entfernt. Justi (unser Hausmädchen) würde uns holen.

So ein „bereifter" Wurzelstock war unser Ziel. Oh, das ist ja ein ganzes Schloss! Unten die Einfahrt und den Wurzeln entlang ein Stiegenhaus, schau hier ein Zimmer, dort ein Zimmer, kristalline Vorhänge, weiche, silberne Betten kann man aufhäufen, herunterhängende Würzelchen sind Zwergenstrickleitern in das nächste Stockwerk, d. h. die Dienstbotenstiegen, denn Zwerge sind in diesem Schloss sicher die Dienerschaft. Große silbergeschmückte Distelköpfe stellten wir als Wachtposten unten vor die Reif-Freitreppe. Wo finden wir Prinzessinnen, einen König und eine Königin? Vielleicht Eiszapfen von einem umgefallenen Baumstamm? Herrlich, wir brechen so viele ab, dass zwei Zimmer mit Eiszapfenspitzen voll werden, lauter kleine Prinzessinnen. Die etwas dickeren Zapfen sind die Kindermädchen und zwei wunderschön verzweigte sitzen als König und Königin auf einem Raureif-Doppelthron, ein Distelzweiglein als Krone auf den stolz funkelnden Köpfen. In der Küche liegen auf einem Eiszapfen lauter Raureifteller und der dicke Distelkoch rumort im hintersten Wurzeleck, dort ist die Speis. Kalte Finger? Justi? Justi! Schau, was wir gemacht haben. Justi ist dick vermummt und ihre immer roten Backen sind noch röter geworden. Es hat nun am späten Nachmittag nur mehr minus acht Grad... Wir stecken unsere Finger in den Kaninchenfellmuff und merken erst jetzt unsere kalten Füße, ach diese ewig kalten Füße in den hohen Schuhen! Und dabei hieß es doch beim Kauf in der Bahnhofstraße beim Humanic: Diese Schuhe, gnä' Frau, sind gefüttert und sicher wunderbar warm (welch ein Irrtum!).

Mama reibt die Zehen warm, wir schlüpfen in unsere Patschen. Was machen wir jetzt? Aufgaben, morgen ist ja Schule!

Spielen mit Vater

Wir drei Mädchen sitzen am Diwan, gespannt wartend. Mama ist auch dabei, manchmal auch Großmutter oder sogar der große Bruder Viktor. Es läutet Sturm, aha, jetzt fängt gleich die Schulstunde an. Vater, einen alten Zwicker auf der Nase, ein Stöckerl unterm Arm, betritt mit todernstem Gesicht das „Klassenzimmer". Schwungvoll wird der Zylinder auf den Sessel buxtiert, Vater zieht sein "Notenbüchel" heraus... wir drei verbeißen bereits das Lachen, eine schubst die andere...

"Ich bitte um absolute Ruhe... Annemarie, lachen Sie nicht!" Langsam blättert der "Herr Professor" in seinem Büchel und schaut eine nach der anderen durch seinen Zwicker durchdringend an. "Also heute wird geprüft. Gitta, kommen Sie heraus! Wieviele Beine hat ein Maikäfer?" "Sechs, Herr Professor, und zwei Paar Flügel, Deckflügel und Hautflügel".

"Großartig, das ist ein Römischer Einser. Annemarie, nehmen Sie sich ein Beispiel. Sie haben sicher wieder nichts gelernt, oder? Welcher Fluss fließt durch das Rosental?"

"Die Drau. Entspringt am Toblacher Feld in Südtirol." "So ein Wunder, meine Ermahnung von gestern hat also doch etwas genützt. Diesmal ausnahmsweise auch ein Einser! Und Melitta, wieso weiß man, dass eine Uhr an der Wand eine Kuckucksuhr ist?"

"...weil, ...weil"

"Gitta, schwätzen Sie nicht und sagen Sie nicht ein!! Also Melitta, denken Sie einmal nach."

Melitta ist echt aufgeregt und rutscht hin und her... In diesem Augenblick fängt in Großmutters Zimmer unsere Schwarzwälder Uhr ihr altes "Kuckuck, Kuckuck" an. "Weil man den Kuckuck rufen hört!" strahlt die kleine Schwester. „Also ich drücke halt beide Augen zu. Sie bekommen auch einen Einser, aber keinen Römischen."

Mama soll wissen, warum es im Lavanttal bei Frantschach so „stinkt" (oh welches Wort!). Natürlich weiß es Mama, in Frantschach steht die Papierfabrik. Und Großmutter weiß den Unterschied von Stoffen, ob es Lüster, Wollstoff oder Kammgarn ist... alte Erinnerungen an den ehemaligen Schneidersalon.

Vater lobt, tadelt und da er selbst unmusikalisch ist, muss natürlich wieder einmal Gitta als Schlusslied das „Sei gesegnet ohne Ende" singen.

Am Kreuzbergl

Vom Studium her mit alten Sprachen vertraut – viele Vorlesungen für Juristen wurden noch in Latein gehalten – benannte Vater seine Lieblingsplätze gern mit griechischen oder lateinischen Namen. So gingen wir z. B. auf den Parnass oder (wie wir einfach sagten) aufs Párnass (betont auf der ersten Silbe, völlig falsch für Vaters Ohr). Das Parnass erreichte man auf Waldwegen am Kreuzbergl hinter den drei Teichen. Es war eine Anhöhe mit freiem Blick nach Nordwesten, ins

Klagenfurter Becken, weit übers Zollfeld bis St. Christophen. Beim Hinsetzen freute sich Vater mit einem lauten „Aaaah", nahm sein Buch oder die Zeitung und begann zu lesen, zwischendurch immer wieder aufschauend und die Aussicht genießend, alles andere um ihn versank. Wir Kinder waren vogelfrei.

Leider gab es dort oben keine Schwammerln oder Beeren, aber eine Menge „Tschurtschen" von Tannen oder Fichten. Wir „klezelten" die Schuppen auseinander und Melitta steckte Gänseblümchen hinein, das war ein Geschenk für Mama zu Hause, meist leider mit bereits welken Blüten. Mama wässerte alles versuchsweise ein, die Herrlichkeit war gerettet.

Weiter als der Weg zum Parnass war es auf die Zillhöhe, einem Aussichtspunkt oberhalb der Schrottenburg mit Blick über den südlichen Wörthersee bis weit nach Westen zu den Gailtaler Alpen, im Osten zur Petzen und zum Obir, davor die geliebten Karawanken, die Sattnitz und hingestreut alle Lieblichkeit der Seeufer.

1992 wollte ich während eines Klagenfurt-Besuchs zur Zillhöhe. Maiengrüner Wald, duftender Frühling, unter mir das Schloss Freyenthurn, immer näher der See... ENDE! Beton und Autobahn. Nichts gegen die Autobahn, auch meine Familie ist oft auf ihr nach Süden gefahren... die Zillhöhe aber war wirklich schön.

Beim Schweizerhaus

Es war mir eine große Freude, als bei einem „Schülerinnentreffen" nach vielen Jahrzehnten eine längst zur „Frau Hofrat" gewordene Mitschülerin erzählte, dass sie sich noch sehr genau an meine Eltern erinnert, wie sie uns damals immer nach der Schulmesse am Sonntag abholten.

Diese Schulmesse bei den Ursulinen fing erst um halb zehn Uhr an, für uns Kinder aus einer Frühaufsteherfamilie reichlich spät, noch dazu ohne Frühstück wegen des damals noch gültigen „Nüchternheitsgebots". Wir versammelten uns in unseren Klassenzimmern, M. Assunta, die Musikbeauftragte des Lyzeums, erwartete uns zur Probe: „Gitta, ich verlass mich auf dich, fang bitte richtig an und sei Leithammel" (hab ich immer noch im Ohr). Paarweise ging's dann durchs Kloster zur Kirche zum Gottesdienst, geleitet von unserem Religionslehrer, dem späteren Bischof von Gurk-Klagenfurt, Dr. Josef Köstner. Wahrlich, als Leithammel sang ich schallend und wenn es einmal dennoch „falsch" war, sangen die anderen eben auch alle falsch – oh weh!

Vor der Kirche warteten dann viele Eltern, auch die unseren. Vater oft im Stresemann mit „Melone" (für Festlichkeiten und Begräbnisse besaß er auch einen Zylinder) und Mama meist in einem dunklen oder grauen Kostüm. Dass Vater kleiner war als seine schlanke, groß gewachsene Frau, ist uns Kindern überhaupt nicht aufgefallen, bzw. erst viel später, als wir ihm über den Kopf gewachsen waren. Wir freuten uns auf das Frühstück im „Schweizerhaus". Manchmal ist wohl auch Großmutter mitgegangen; vor mir liegt ein Foto: Annemarie mit dick verheulten Augen im dunklen Sonntagskleid mit weißem Kragerl und Manschetten... mit bitterbösem Gesicht zwischen den riesigen Haarmaschen, die Puppe stocksteif in ihren vorgestreckten Armen haltend. Weiter hinten auf einer Bank am Kiesplatz unter der Schweizerhausterrasse sitzt Großmutter im schwarzen Kleid mit Spitzenchapeau, die Strengheit in Person! Seit kurzem besaß Vicky eine Kodakkamera und wollte seine kleine Schwester mit Großmutter „knipsen"... beide wollten nicht, der große Bruder verpasste Annemarie eine Ohrfeige, die Szene auf dem Bild war das Ergebnis!

Nachmittags gingen wir dann alle noch in die Rizzistraße auf Besuch, zu Fuß natürlich, war doch nur ein „Katzensprung". Ich erinnere mich, dass ich einmal die Laternen gezählt habe von der Rizzistraße bis nach Hause, es waren sage und schreibe 195. Und da darf man als Nagl-Kind nicht müde werden?

Das Goldketterl

Ich besaß ein „echtes" Goldketterl mit einem „Breverl", darauf war die Muttergottes eingeprägt. Sonntags durfte ich es tragen.
Die Wanderung zum Kirchlein in der Ortschaft Stein im Süden der Stadt war nach Vaters Einschätzung kurz und angenehm: die Rosentalerstraße hinunter und dann den breiten Fahrweg bis ans Ziel. Das Kirchlein lockte uns zwei „Große" (Melitta saß noch im Sitzwagerl) nicht allzu sehr. Was uns aber lockte, war eine große, lange hölzerne Kegelbahn beim freundlichen und gemütlichen Dorfwirt. Sonntags stand dort eine Schar junger oder auch älterer Bauersleute, die Kugeln rollten und polterten auf die Kegel zu, begleitet von lauten Zurufen, Lachen, Ärger, Hochspringen der jungen Leute vor Freude oder Wut. Und immer neu die Spannung, wenn der Kegelbub, ein Schulbub von etwa zehn Jahren, alle Neune schnell und geschickt wieder aufgestellt hatte. Wir Schwestern hingen mit verschränkten Armen am Holz der Kugelrutsche, mit weit aufgerissenen Augen verfolgten wir die rollenden, Glück oder Pech bringenden Geschoße bis hin zum Ziel, die dann holterdiepolter zurückrollend von der nächsten Bauernhand aufgefangen wurden. Hinter den erhitzten Spie-

lern warteten Bierkrügel mit goldenem, schäumendem Nass.
Mama ruft zur Jause... dann dürfen wir Blumen pflücken. Das weiche seidenzarte Gras streift erstmals nackte Beine: es ist Frühling und wir durften Sockerln anziehen. Hundsveilchen, die blassen Schwestern der echten, blühen, die eher seltenen langstieligen Primeln, viele Gänseblümchen und blauer Augentrost. Vater, Mama, schau wie schön!
Wir durften immer nur am Wegrand pflücken, hineintreten in die Wiese war streng verboten, zu sehr war Mama ein Bauernkind und wusste um die Mühsal des Mähens, wenn Gras mutwillig niedergetreten war. Schlimm genug, wenn es der Regen oder der Hagel tat; "vor Blitz und Ungewitter verschone uns, oh Herr!"
Über Viktring wird der Himmel langsam dunkelblau, die Schatten werden länger, die feuchten Sattnitzwiesen dampfen Nebel vom See her. "Kinder kommt, wir gehen nach Haus."
"Gitta, du hast ja kein Ketterl mehr um den Hals!" Die große Schwester bemerkt es... "Oh weh... aber vielleicht ist es mir nur heruntergerutscht." Ich beutle mein Kleid, spring in die Höh, schütttle alles an mir, nirgends fällt das Ketterl heraus, mein echtes Goldketterl mit dem Muttergottesbreverl! Mama ist mit dem Wagerl schon voraus gegangen zur Straße nach Waidmannsdorf. Vater hilft su-

chen. Er durchkämmt mit seinen Fingern das Gras, geht genau schauend zurück zur Kegelbahn, dann zum Tisch... dann zum Wirt und bittet, sollte jemand das Ketterl finden und ihm geben, möge er es in ein Kuvert stecken und uns schicken, die Briefmarke bekäme er bei unserem nächsten Besuch bezahlt.

Ich stehe noch immer im Gras und weine. Alles ist nass und kalt, Schnecken kriechen herum und aus ihren Löchern heraus spotten die Grillen mit ihrem Gezirpe, auch die Frösche in der Sattnitz lachen mich aus. – Vaters warme, unvergesslich weiche Hand, so nahe meinem Kinderschmerz, tröstet mich.

Briefmarken

Vater war Markensammler. Nicht fanatisch auf der Jagd nach der „blauen Mauritius", aber voll Freude und Geduld im Staunen über so manches seltene Exemplar, fast ehrfürchtig vor diesen kleinen Kunstwerken, fasziniert von den fernen Ländern ihres Entstehens oder ihrer Vergangenheit. Auf dem großen Tisch wurde alles aufgebreitet: Michelkatalog, Pinzette, Vergrößerungsglas lagen bereit und das dicke letzte Album. Vater sammelte nicht des finanziellen Wertes wegen, es entspannte ihn einfach und ließ ihn seine damals sicher nicht gerade kleinen Sorgen für kurze Zeit vergessen. Ich schaute gerne zu, staunte über die Bilder im Michel, winzige Feinheiten entzückten auch mich, und wahrscheinlich bringe ich es deshalb bis heute kaum fertig, eine Briefmarke wegzuwerfen. Dass man auch Geld daraus machen kann, habe ich zwar nie verstanden, bin aber immer wieder froh, wenn ich erlebe, dass die von mir gesammelten Marken von karitativen oder missionarischen Institutionen gerne übernommen werden.

Vaters Freunde

Herr Hofrat von Pelegrini war ein Unikat. Groß gewachsen, höherer Staatsbeamter in Ruhe, Witwer mit etwas arroganten Zügen, aber sehr freundlich, wenn er sich zu uns herunterbeugte. Wann tat er das? Ähnlich wie Vater ein leidenschaftlicher Wanderer vergnügte er sich mit Sammeln, Sammeln in Wald und Flur, z. B. Schwammerln, am liebsten aber Heidelbeeren. Die gab es ja in großen Mengen in den Wäldern rund um unsere Stadt. Was war das Besondere daran? Hofrat Pelegrini zählte, sage und schreibe, zählte die gepflückten Beeren und brachte uns dann z. B. eintausendfünfhundertzweiundneunzig Schwarzbeeren... mit Zucker für uns ein herrlicher Schmaus.

Herr von Sedlmayer, Jurist mit Kanzlei am Obstplatzl, mit einem Sohn und einer wunderschönen Tochter, die unser Vater wohl sehr gern als Schwiegertochter gesehen hätte (sie wurde Solotänzerin). Im Hause Sedlmayer fanden meist die von Vater sehr geliebten, regelmäßigen Tarockrunden statt. Dr. Sedlmayer wohnte mit seiner Familie in einer der Villen am verlängerten Viktringer Ring... der 16. Jänner 1944 wurde auch ihm zum Schicksal.

Mit Hofrat Raunegger, dem Leiter des Klagenfur-

ter Heimatmuseums verband unseren Vater, der einfach aus Begeisterung und Passion im Museum mitarbeitete, die Liebe zur Heimat, zu altem Brauchtum, zur Tradition. Die Verluste beim Bombentreffer am 16. 1. 1944 trafen beide „ins Herz".

Der spätere Schwiegervater unseres Bruders, Prof. Dr. Hopfner, Ordinarius für höhere Geodäsie an der Technischen Hochschule in Wien, war unserem Vater ein geschätzter Gesprächspartner. Ich selber durfte ihn später Onkel Fritz nennen.

Den Schulkollegen Switbert Lobisser, als Künstler genügend bekannt, hat Vater nach dem tragischen Tod seiner Gattin „Ev" mehrmals mit mir gemeinsam in seinem hübschen Haus in der Henselstraße besucht, das Töchterchen Walpurga krabbelte damals gerade auf dem Teppich.

Die Gespräche unter diesen Freunden hatten ein halbes Jahr nach Mamas Tod dazu geführt, dass sie für „ihren Viktor" eine Frau suchten: die ledige Klavierlehrerin Mimi Krakovsky aus dem fernen „Schlesien" wurde unsere „Mutti", nur sieben Jahre durfte sie Vaters Frau sein (25 Jahre hat sie ihn überlebt), uns und unseren Kindern stand sie in treuester Obsorge 43 Jahre zur Seite.

Vater und Bruder Vicky

Im Nachlass meines Bruders fand sich neben einem großen Bündel von Briefen meines Vaters auch eine Postkarte mit der unvergesslichen, sauberen und steilen Kurrenthandschrift, die bis zum Tod sein Markenzeichen geblieben war. Mit dieser Postkarte aus Graz, der Stadt seines Jusstudiums, das er wegen Geldmangel abbrechen musste, grüßt er seine „geliebte Fini". Wer war Fini?

1908 in der Stadtpfarrkirche St. Egyd hat Vater seine geliebte Fini, Klagenfurter Bürgerstochter aus der Herrengasse, geheiratet. Der Brautkranz wurde, wie damals üblich, über ein vergoldetes Kreuz gehängt, unter einem Glassturz aufgehoben – von Vicky bis zum Tod als Kleinod bewahrt – das Kreuz ohne Glassturz und ohne Kranz wird von mir heute noch in Ehren gehalten. 1909 kam Vicky zur großen Freude der jungen Eltern zur Welt. Die jungen Leute wohnten in der Lerchenfeldstraße beim Kreuzbergl, also im Grünen der ohnehin durch und durch kastaniengrünen Stadt. Vater war im Gründerzeithaus Ecke Bahnhofstraße – Viktringer Ring zu Hause gewesen. Bereits 1907 war er in der vis-a-vis gelegenen Landesregierung fix angestellt und sollte es auch bleiben, zu seiner tiefen Freude und Befriedigung die Karriereleiter konsequent hinaufsteigend, bis der Einmarsch der Nazis den Sprung auf die letzte Stufe als Hofrat verhinderte.

Auf dem Hochzeitsfoto sitzt Fini im schneeweißen Brautkleid, Vater steht... er war nicht gerade groß. Seine geringe Körpergröße hat ihm das Einrücken im Ersten Weltkrieg erspart, ein seltenes, von vielen beneidetes Glück.

Seine geliebte Fini starb nach kürzester Zeit an „galoppierender Schwindsucht" – nicht nur damals ein Todesurteil. Vater und der kleine Bub, sein „Ein und Alles", waren nun allein und Vater zog sich in sein Elternhaus zurück. Die damals noch rüstige Großmutter übernahm die Sorge für die Verlassenen, doch sollte eine Kinderfrau aufgenommen werden. Und so kam die (nach Meinung der Familie seines Bruders Ferdinand) „viel zu schöne und kluge" Bauerntochter Anna aus Pustritz bei St. Paul im Lavanttal in die Wohnung am Viktringer Ring. (Stein des Anstoßes für Onkel Ferdinand und Tante Karla – Hausbesitzerin in der Platzgasse –, die über die „standeswidrige" Heirat unseres Vaters mit der schönen „Kindsmagd" nie hinwegkamen, auch dann nicht, als die Kindsmagd längst unsere heiß geliebte Mama geworden war.)

Mama hat Vater vier Mädchen geschenkt, Annemarie, Gertrud, Brigitta und Melitta. Trudi ist

noch ganz klein „in den Himmel geflogen", wir anderen aber waren pumperlgesund.
Vicky liebte unsere Mama aus ganzem Herzen, sicher war es auch umgekehrt so. Er blieb der einzige Sohn, auf den Vater und Mama stolz waren. Allerdings machte Vicky auch Sorgen. Vicky war oft schlimm, Ziel seiner Bubenstreiche war meist Großmutter... Trotzdem ging alles gut, bis Vicky heranwuchs und bereits im Obergymnasium enge Kontakte zur schlagenden Burschenschaft Silesia aufnahm, dort seine Freunde fand, den Fechtboden liebte, während seines Studiums in Wien „Schmisse" mit nach Hause brachte, die wir dann kunstgerecht verbinden mussten: er saß auf dem Küchenstockerl, ich hielt zwei Kochlöffel

Vicky, 12 Jahre

Vicky vor unserem Elternhaus, Viktringer-Ring 9

über seine Ohren, Mama verpasste ihm einen Kopfverband. Bei Wunden und Blut ist mir nie, wie anderen Mädchen, schlecht geworden.
Vicky spielte mit seinen alten Zinnsoldaten die Burenkriege, begeisterte sich über Mussolinis Einmarsch in Abessinien und fand den Spanischen Bürgerkrieg „toll". Bei Umzügen trug er seine „Wichs", über seinem Bett prangten kreuzweise zwei Säbel. Wir Schwestern bewunderten ihn irgendwie, Vater gar nicht. Vater fuhr oft nach Wien, Viktors „weiße Stutzen" sah er dabei nicht gern, die Promotion war von Sorgen überschattet...
Viktors Heimkehr aus dem Krieg (aus französischer Gefangenschaft), seinen beruflichen Werdegang als Beamter der Bundeswirtschaftskammer und nebenbei als Gründer und Kustos des Wiener Fiakermuseums hat Vater nicht mehr erlebt – das Museum hätte ihn sehr gefreut und mit vielem versöhnt.

als Korpsstudent (Silesia)

Tarock und Schach

Ich soll schlafen. Das Schlafengehzeremoniell ist vorbei, die Decke am Rücken von Mama gut hineingesteckt, nur die Türe zu Vaters Zimmer, die sonst immer offen bleibt, ist heute geschlossen. Ich horche: Vater spielt Tarock, ich höre das Aufklatschen der Spielkarten, leises Lachen, Sprechen... seine Freunde sind heute da. Ich schlafe zufrieden ein.

Wenn Vicky da ist, spielt er mit Vater Schach. Wir Mädchen haben das nie erlernt, wir spielten Quartett oder Schwarzer Peter. Wir kannten nicht einmal Dame und König oder Pik-As oder Jolly Joker. Bemerkenswert, dass sich wahrscheinlich Großmutters Abneigung gegen jedes Kartenspiel (um Geld) auf uns übertrug. Alte Sagen, in denen der Teufel um eine Seele spielt, der Aberglaube beim Kartenaufschlagen der Zigeuner, der „Fluch" auf Trinkern und Spielern waren wohl für diese Haltung wesentlich.

Tarockabend mit Vaters Freunden
li. Mitte: HR. Pellegrini
(der Heidelbeerzähler)

23. März 1945

Vom 23. Oktober bis 23. März waren es genau fünf Monate, die man als Krankenschwester durcharbeiten musste, um sich auf einer deutschen Universität zu immatrikulieren... Voraussetzung für das Medizinstudium. Schon längst hatte ich jedoch dem Chefarzt versprochen, nicht wegzugehen und zu bleiben (bis der Krieg aus ist, traute er sich ja nicht zu sagen, war er doch durch und durch „braun" und siegessicher). Ich wäre auf keinen Fall weggegangen, zu sehr war mir die Arbeit lieb geworden, zu sehr wollte ich wenigstens auf diese Weise mit meinen bald 20 Jahren meinen erkannten Lebensweg treu weitergehen. Clara dachte dasselbe und so war es ganz selbstverständlich, dass ich in der Nacht vom 22. 3. zum 23. 3. Nachtdienst hatte. Wir hatten mehrere Schwerverletzte, im hintersten Zimmer eine todkranke junge Frau mit schwerem Scharlach. Nun, ich wurde dieser Frau zugeteilt, hatte ich doch selbst diese Krankheit bereits überstanden. Ich hatte Bleistift und Papier bei mir und zeichnete das Angesicht dieser sehr schönen jungen Patientin. Noch heute bewahre ich dieses Blatt Papier auf. Mein Brevier hatte ich auch mit.

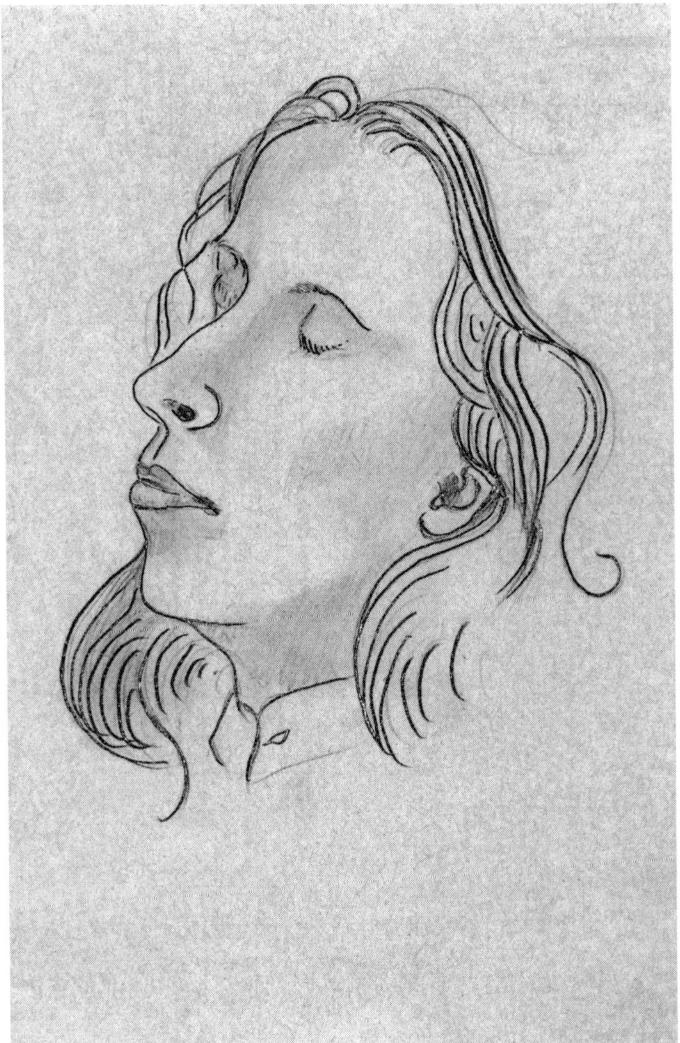

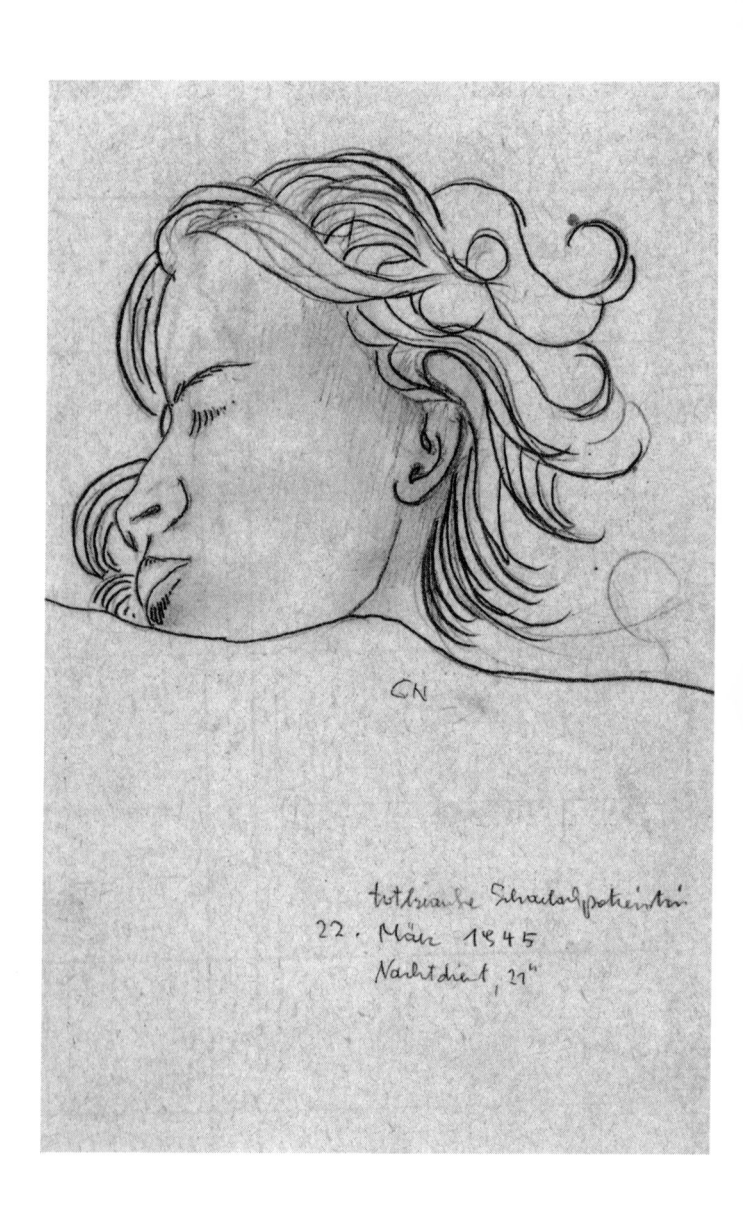

rotbraune Schädelpatientin
22. März 1945
Nachtdienst „27"

Isolierzimmer in St. Veit

Kerzenlicht und dein Bildnis, Mutter,
grellbunt daneben ein Herbstblumenstrauß
eine schmale gezeichnete Stirne
– betet, betet! – der Tod ist im Haus.
Weihwasserwedel, in schmalen Betten
    großoffenes Staunen ums Menschengesicht
    eine offengeblutete Lippe
    still meiner Kerze mildfließendes Licht.
„Der Herr bewahre dich, Schwester, zum Guten!"
wie seltsam ist alles
als stünd' ich selbst vor dem Tod.
„Gib allen den Frieden, die jetzt wo verbluten!"
– die Astern im Glas sind so flammend rot –

Gegen 22 Uhr Fliegeralarm, ich zog mich rasch um und „flog" ins Haupthaus. Über mir das altbekannte „Kettenrasseln auf einem Himmelsblech" wie im Jänner 1944 daheim. „Christbäume" standen über St. Veit, viele über Glandorf, dort waren die großen kriegswichtigen Anlagen der Funder-Fabrik und der große Güterbahnhof nach Villach. Wenn ein Waggon explodierte, folgte sekundenschnell der nächste mit gewaltiger Detonation, es fallen die ersten Bomben von Glandorf herüber, mehrere trafen und zerstörten das große mehrstöckige Wohnhaus vor dem Bunker im Lorenziberg. Natürlich waren die wenigsten im Bunker! Die wunderschöne Schweditsch-Villa lag bald in Schutt und Asche, die Straße entlang zum Spital hinauf, Zerstörung wohin man schaute. Uns hat man das nur erzählt, zum Schauen war keine Zeit. Vorerst mit den hinunterzutragenden Patienten und den Gehfähigen voll beschäftigt, erlebte ich erstmals, dass mich erwachsene Menschen umarmten und an sich drückten und laut weinend „Schwester Gitta, Schwester Gitta!" riefen. Ebenso zum ersten Mal, dass ich, als die ersten Verletzten und ausgegrabenen Menschen gebracht wurden, ohne zu überlegen den Nächstbesten vom Boden aufhob und das schreiende Menschenbündel mit „Leichtigkeit" über zwei Stiegen hinauftragen konnte, schnell, schnell, schnell… hinein in den Gang zum OP, dann wieder hinunter und so weiter. Alle Klosterfrauen leisteten Hilfe bis zum Umfallen. Wegen der vielen Schussverletzten durch die so häufigen Einflüge der kleinen Flugzeuge aus dem Süden, waren ja viele Handgriffe fast automatisiert. Der Chef und die Ärzte aus der Stadt standen im Dauereinsatz und operierten und operierten. Wenn ich nicht zweite Assistenz machen musste, saß ich, den Patientenkopf fast im Schoß, und tröpfelte Äther. Ich erinnere mich nicht mehr, wie viele Menschen wir versorgten, erinnere mich nicht mehr an die Zahl der Toten. Glandorf brannte lichterloh, in der Stadt überall Brand und Rauch und Schrecken. Gottlob war es bei diesem ersten Bombenangriff geblieben, in den letzten Kriegswochen waren dafür aber die Fliegereinflüge dieser kleinen „Ungeziefer" noch häufiger. Am 24. März in aller Frühe bekam ich auf einmal für ein paar Tage frei, ich hatte es nötig, außerdem war gerade die Karwoche angebrochen, ich sollte erst am Ostermontag wieder Dienst machen.

*

Der Frühling in diesen letzten Kriegswochen nach dem bitterkalten Winter war geradezu ergreifend schön. Der blaueste Kärntnerhimmel strahlte vom wolkenlosen Firmament, einzig durchschnitten von den großen amerikanischen Bomberverbänden mit ihrem unvergesslichen… rrrmmmm… rrrmmmm… rrrmmmm… Alle wie mit dem Lineal ausgerichtet, eine Vogelschar des Todes. Ich schaute nicht einmal hinauf, mein Herz war so frei und froh nach den letzten, fast vollkommen ruhelosen Arbeitsstunden, dass mich das seidige Gras auf der Schwag und das erste Veilchen, der knospenüberschüttete Schlehdorn und der blitzblaue See in der Senke unten weit mehr betroffen machten.

Die Schwag über St. Georgen

Wer zur Weißdornblüte
in Eile
über die Schwag gehen müsste,
würde sich darob sehr ärgern.
Über die Schwag zur Weißdornblüte
hinunter zum Längsee,
soll man ja nicht „müssen" oder gar „eilen".
Die Hochwiese mit dem bräutlichen Geblüh
verlangt ein Dürfen, Verweilen, Schauen
zu den Karawanken, dem Gratzerkogel, dem Otwinuskogel
oder zum – je nach Himmel –
blitzblauen See.
Seine Breite habe ich oft durchschwommen,
ohne zu ermüden.
Dann lockte über der Bläue des Wassers
die Schwag im Taborweiß der Weißdornblüte
vor dem fernen Wald.

Ich kniete mich hinein in das Gras und meine Tränen kamen endlich und mein langes Weinen löste die ganze Spannung und frei und froh wanderte ich langsam hinunter zum See und hinauf in den Prälatensaal. Melitta war da, wir gingen sofort auf den Gratzerkogel Leberblümchen pflücken, später dann hinunter ins Moor zu den

Weiden um Palmkatzerln. Melitta kletterte an so einer alten Weide hinauf und wollte gerade ein paar Zweige abschneiden, da schoss wieder einmal so ein kleiner Flieger über Taggenbrunn herunter zum See, Melitta ließ sich einfach fallen, beide duckten wir uns unter die Weidenwurzeln ins klitschnasse Moos, ringsum spritzten die MG-Garben mitten in das Wollgras und in die Knospen der Sumpfdotterblumen. Ist das verrückt? Ja, es war eben alles „ver-rückt", aus dem Leben und seinen Werten einfach herausgerückt, weggerückt, zerrüttet, zerrissen, zerfetzt, verzerrt… ver… ver… vergewaltigt. Unser ganzes Leben war von irrer Gewalt ins Vergewaltigtwerden hineingeworfen. Warum? Wozu? Wieder ein doppelter Irrsinn.

An die Liturgie dieser Karwoche erinnere ich mich nicht mehr. Es gab trotz Kochzaubereien von Tante Božena und Mutti keinen Reinling, kein Geselchtes, keinen „Weichkorb" (Korb mit geweihten Speisen) mit gestickter Osterdecke, aber es gab das alte rot gemusterte Ostertischtuch aus Siebenbürgen und für jeden von uns ein Osterei.

Am Heimweg in aller Herrgottsfrühe am Ostermontag hat mich beim Goggerwenig so sehr der Schlaf übermannt, dass ich mich einfach hinter einem Gebüsch zusammengerollt habe und tief eingeschlafen bin. Ich habe mich nicht einmal

verkühlt und im Spital waren alle froh, dass ich, wenn auch zu spät, wieder da war.
Der Frühling zeigte sich weiter in hinreißender Pracht, ja, es wurde geradezu sehr warm in der Sonne.

Der Brunnen hinterm Haus

Mein Über-dem-Ziegenstall-Zimmer ist voller Morgensonne. Kann man im sechsten Kriegsjahr so glücklich sein? Weit und breit keine Spur von warmem Wasser. Meine Wirtin schläft noch, es ist sehr früh und über Taggenbrunn kommt gerade die Sonne heraus. Ganz schnell muss es gehen, das Hinauslaufen zum Brunnen hinterm Zaun, ganz schnell. Welche Wonne, das eiskalte Wasser, ich lasse es über meine Arme rinnen, über mein Gesicht und immer neu über Hals und Ohren, kaltes Wasser am Ohr vertreibt Müdigkeit und Schlaf, das habe ich gehört.
Schnell hinein in die Kammer, ich bin krebsrot und voll Jubel, ja es wird ein sonniger Tag werden. Auch durch die Fenster der Internen im ersten Stock werden ganze Fluten von Licht meine Kranken trösten. Da kommt Clara, hallo!
Es war ein so unbeschreiblich schöner Frühling,

damals 1945. Frühling, Frühling, Frühling. Über Nacht begannen die Veilchen zu duften… riechst du die Veilchen? – Der Schlehdorn blüht geradezu überschwänglich und der Bach ist nicht wieder zu erkennen. Das braune Rinnsal vom November ist zu einem hüpfenden, klirrenden, sich selbst überstürzenden Weiß geworden, eine unbeschreibliche Weiße wie das Wasser in den Bergen. Die Dotterblumenblätter könnte man schon essen, wie grüngrün lockt die Brunnenkresse, so grün.

Kriegsfrühling 1945… Bach und Veilchen, Palmkatzerln und Leberblümchen, das Lungenkraut im Wachsen. Einzig die „Hornissen", die feindlichen Flieger fegen unbeeindruckt die Talsenke entlang und über den See.

Der Brunnen

Wie in alten Strophen
fällt dein Wasserstrahl
sich verschwendend nach unten,
immer nach unten.
Keine Marmorschale ist es
wie in Rom,
sondern ein Brunnentrog
über St. Veit, der dich empfängt.
Voll Moos und frischer Kresse.
Nicht trinken!
So ruft das Mädchen aus dem Mölltal.
Im Brunnenwasser tummeln sich Wasserkälber!
Du bist sonst tot, ehe du dich versiehst.

Der Krieg ist aus …

Zu tun gab es ununterbrochen, aber Clara und ich waren ein so gut aufeinander eingespieltes Team, dass Schwierigstes leicht wurde. Der Güterbahnhof und Glandorf waren noch öfter Ziele kleinerer Angriffe, die kleinen Flieger schwärmten noch immer am Spital vorbei, direkt Schussverletzte von den Äckern und Wiesen und Gehöften gab es weniger. Anfang Mai, ich war eben wieder einmal in aller Früh auf dem Weg von St. Georgen nach St. Veit, kommt aus den kleinen Häusern an der Wienerstraße Flora, eine Freundin meiner Schwester Annemarie, auf mich zugelaufen und schreit: „Gitta, Gitta, der Krieg ist aus!!! Der Hitler hat sich umgebracht!!!"
Mir war seltsam zumute, ich ging sehr langsam… der Krieg ist aus… unfassbar.

*

Ich hatte auf Bitten des Chefs während meiner Schwesternzeit allein gelernt, fließend auf der Schreibmaschine des Spitals Dekurse aufzuzeichnen. Er bat mich nun, doch noch als Sekretärin zusätzlich für ihn zu arbeiten. Es ist sicher bemerkenswert, dass kein Mensch daran dachte, mich dafür zu bezahlen. Ich hatte das Essen, das genügte mir, und mein im Frühling echt bezauberndes Kammerl über dem Stall der frühlingstollen Geiß bei Fräulein Sabine. Die hat mich auch gratis beherbergt, Geld war so unwichtig geworden.

Clara nähte sich aus einem alten, dünn gewordenen Knüpfteppich einen Rucksack, ein Schuster war so lieb und versorgte ihn mit den entsprechenden Lederriemen, die er noch hatte. Clara wollte bei der nächsten Gelegenheit per Anhalter hinauf nach Westfalen zu ihrer Familie in Gronau. Sie ist gar nicht bis Gronau gekommen, im Rheinland schloss sie sich einem Flüchtlingstreck an und blieb dann kurzerhand in Köln im Bahnhofsbunker wiederum als Rotkreuzschwester, mitten im unvorstellbaren Leid und in der Verzweiflung dieser meist aus dem Osten weither gekommenen Flüchtlinge, Frauen, Kinder, Greise... Clara ist dann in Oslo ins Kloster eingetreten, wurde Lehrerin auf der dortigen Pflegeschule, wurde nach Nigeria in die Mission geschickt, kam schwerst krank nach Oslo bzw. Orkanger im hohen Norden zurück und starb 1984 an Dickdarmkrebs. Ich habe mit ihr noch kurz vor ihrem Tod telefoniert. Als ich mit meinem Mann 1973 in Oslo bei einem Kinderärztekongress war, konnten wir uns leider nicht treffen, da war sie noch in Nigeria.

Clara war eine Lichtgestalt für mich und die Meinen durch Jahrzehnte. Zum Abschied hatte ich ihr etwas geschenkt, von dem ich mich sehr schwer getrennt hatte: die kleine Spieldose meiner Großmutter. Wenn man den Hebel drehte, ertönte ein Menuett aus Mozarts Don Giovanni. Wie oft habe ich diese Spieldose bei meinen Fußmärschen zwischen Klagenfurt, St. Donat, St. Georgen und St. Veit ganz zart gedreht und sie klang sehr leise, mich tröstend, ich habe mich oft an ihr erfreut. Clara hat diese Spieldose ihrer liebsten Schwester in Gronau geschenkt, nicht ohne mich vorher zu fragen. Der junge Sohn dieser Schwester ist als Lehrbub in den Starkstromkreis gekommen und tödlich verunglückt. Aber ein Menuett kann in seiner Lieblichkeit auch trösten.

Abschied und Neubeginn

Wie ging es weiter? Wie konnte es weitergehen? Die Tage waren glühheiß, so um 30 Grad, der Weg zu Mutti nach St. Georgen war in dem immer länger werdenden Tageslicht wunderschön.

Glockenblumen

Taggenbrunn ist eine Ruine auf einem bewaldeten Bergrücken zwischen St. Veit und St. Georgen. Bevor man zu Fuß diesen Waldrücken umwandert geht man beim Schloss Weiern (dort soll Rilke einmal abgestiegen sein) über die Wimitz, dann unter der Eisenbahn durch und über eine große ansteigende Wiese Richtung St. Georgen auf einen Fichtenwald zu. Wenn man als einsame Wanderin im Juni in diese Waldesstille eintaucht, immer furchtlos, kommt man zu einer Lichtung mit einem verlassenen kleinen Bauernhaus, einer „Keuschen". Die hohen Fichten, die bis hierher ihre Äste wie ein undurchdringliches Dach ineinander verschränken, strömen einen köstlichen Duft aus, besonders wenn ein heißer Junitag vorangegangen ist. Frisch geschlägertes Holz spannt seine Fasern

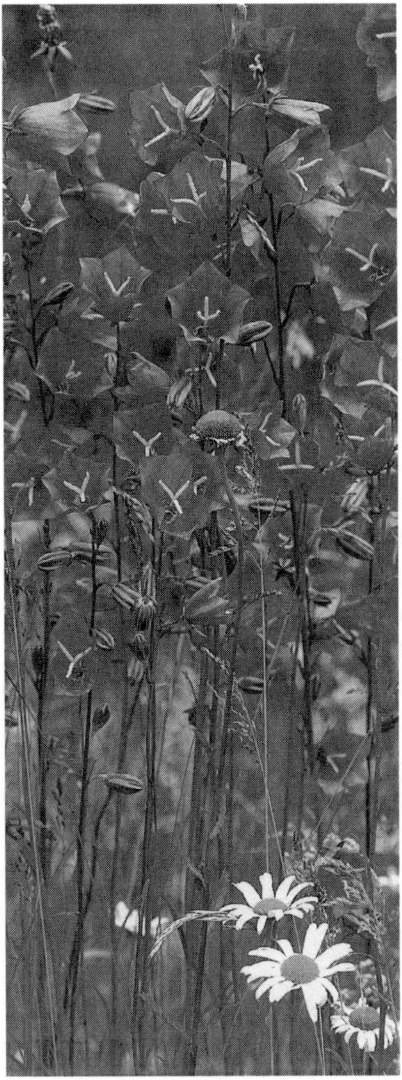

in nächtlicher Feuchte, knistert und knackst, als träume es noch vom Wind, der erst vor wenigen Tagen noch die Baumkrone hin und her bewegt hat... hier liegt ein Nest, dort eine Flaumfeder und geschälte Rinde formt sich zu einem Brunnenrohr. Da ist keine Stille, überall um mich ist Waldmusik. Man hört sogar den Flügelschlag eines Uhus. Aus St. Veit herauf schlägt die Stunde.

Nun findet man ein Wunder. Ich kenne es gut. Die hohen lanzettensteilen Glockenblumen, die fast nur am Waldrand zu finden sind mit ihren schmalen Blättern und Knospen, die an die südländische Okrafrucht erinnern; spitzige Kelchblätter und eine lampionähnliche Glockenblüte, oft drei Finger groß, dottergelbe Staubgefäße und ein langer grüner Stempel. Bei Tag wohl eine Bienenfreude.

Eine einzelne Blüte duftet nicht. Sie bedient sich des Waldgeruchs rundum. Doch die Glockenblumen können etwas anderes. Wenn sie sich, vom Winde leise bewegt, hin- und herneigen und einander berühren, dann gibt es einen eigenartigen Ton, das Wort „rascheln" klingt unromantisch, aber es stimmt. Nur wenn so viele rascheln, wird es zum Summen und Pfeifen, als bliese ein Waldgeist nach des Tages Flötenspiel sein Instrument aus. Diese hohen Blumen sind immer sichtbar, auch um Mitternacht. Bei Neumond erfüllt ihren Kelch ein zartes zitronengelbes Lichtahnen... eine Ahnung von Licht.

Waldrand

Wenn die großen Glockenblumen
im Wind aneinander stoßen,
rascheln sie
als wären Mäuslein am Waldboden.
Oder hört man doch ein feines Klingen,
als hätte Simpelt gerufen
der Elfenkönig aus dem Mörikegedicht?

An den Waldrändern lagerten viele Soldaten und auf der Landstraße, die ich mied, fuhren alle nur möglichen Fortbewegungsmittel, viele Lastautos mit Militär, viele Lastautos mit Zivilisten, Leiterwagen mit staubigen Planen und mageren Pferden, englische Militärautos mit lachenden Soldaten... ja, auch in St. Georgen oben war das ehemalige Gefangenenlager mit englischen Soldaten geöffnet, die Insassen wohnten nun teilweise im immer leerer gewordenen Kloster. Es gab seltsam riechende rote, durchsichtige Seife und Schokolade!!! Mutti bekam immer mehr zu tun, gab es doch endlich aus den Magazinen des Klosters Grundnahrungsmittel und Mutti kochte mit Frau Anna für jeden und alle, wer immer zu versorgen war. Hungrig waren sie alle, die da „vom Krieg verweht" an die Türen klopften. Melitta, die Arme, hatte wieder normalen Schulbetrieb in Klagenfurt und Tante Božena stand wieder von früh bis spät im „Gschäft", abends wurden bis in die Nacht hinein Lebensmittelmarken auf Zeitungspapier geklebt und immer noch sehr pünktlich und genau in der Markenstelle im Ursulinenkloster abgeliefert. Essbares war noch immer sehr knapp, vor allem gab es ja keinen Garten mehr. Im Hof waren englische Soldaten und putzten unermüdlich ihre weißen Gurte bzw. Gürtel der Uniformen. Bei uns direkt wohnte auf einmal ein blutjunger deutscher Soldat, der sehr gut zu uns passte, höflich, still, dankbar und heilfroh über den Umstand, dass es ihn bis Kärnten verschlagen und er bei uns so etwas wie ein Übergangszuhause gefunden hatte. Er wusste gar nichts von seinen Angehörigen aus Breslau, bis in den Herbst 1946 blieb er bei uns einquartiert.

Im Krankenhaus St. Veit blieb mir nicht viel Zeit zum Nachdenken, das Spital war noch immer übervoll, es gab Arbeit rund um die Uhr. Ich war nun noch bis in den Juli hinein Sekretärin, dann verabschiedete ich mich und kam zurück nach Klagenfurt, um mich ein wenig zu „normalisieren". Annemarie war auch zurückgekommen, nur Viktor war noch in Gefangenschaft. Irgendwie habe ich ein Erinnerungsloch bis Mitte Juni, alles bisher Außergewöhnliche war so banal geworden, mein Berufsideal auf einmal in so „normale" Bahnen gestellt... so gar nicht außergewöhnlich und ohne

den so tief empfundenen „Heroismus" an den Patientenbetten in St. Veit. Clara fehlte mir sehr.
Ich werde Annemarie immer dankbar sein, dass sie mich auf eine Bergwanderung in die Lienzer Dolomiten mitgenommen hat. Zwei Studenten gingen mit, einer aus Graz und einer aus Innsbruck. Der Student aus Innsbruck war in Lienz daheim und wir wurden gastlich bei seiner Familie zum Übernachten aufgenommen. Am nächsten Tag ging es sehr früh los, Franzl wollte mit uns auf den „Roten Turm", der steil und gewaltig gegenüber dem Iselsberg ins Drautal herunterleuchtete. Bergsteigen war für Annemarie und mich etwas ganz Neues, waren wir Nagl-Kinder doch Wanderer in der Landschaft um Klagenfurt gewesen, der Ulrichsberg war das höchste der Gefühle. Und nun auf einmal der endlos ansteigende Weg hinauf bis zur Waldgrenze, ganz schön steil und mühsam. Die Natur um uns aber war so hinreißend schön, dass wir auf die Anstrengung bald vergaßen und uns immer neu umdrehten, um ins Tal hinabzuschauen, bald wunderschöne, uns nur aus Büchern bekannte Blumen entdeckten, dunkelblaue Akelei, Salomonsiegel, Knabenkraut und vieles mehr. Ganz wunderbar war aber die blühende Pracht, als wir die Waldgrenze erreicht hatten und die grünen Grasflecken zwischen dem weißen Dolomitgestein noch Arnika, Teufelskrallen, Weidenröschen und

Glockenblumen wie verzaubert herzeigten. Pippau, Mehlprimeln, Katzenpfötchen und letzte Kohlröserln gab es da, nur Almrausch und Enziane waren verblüht, war es doch schon der 31. August. Das Wasser des Bergsees unter der Karlsbaderhütte war klirrend kalt. Nicht einmal ein nackter Fuß hielt das aus, wir probierten es. Es gibt ein Foto von Annemarie und mir auf einem Felsblock als Erinnerung an diesen Abend. Sehr, sehr früh mussten wir aufstehen und dann ging es hinein in die „Wand". Ich mit meinem Fuß! Aber als geübter Dolomitenkletterer half mir Franzl und ich stand dann wirklich, mehr gezogen als geklettert, hoch oben am Gipfelkreuz. Das war ein so unfassbares Erlebnis, so hoch oben zu sein mit dem unglaublichsten Blick ringsum über die ganze vor uns ausgebreitete Gipfelwelt bis tief hinein nach Südtirol bzw. hinüber zum Großvenediger und dem Glockner... alles bei hellstem Sonnenschein und unglaublich blauem Himmel. Wir blieben lange ganz andächtig sitzen und schauten, schauten, schauten. Ich ahnte ja nicht, dass ich selbst später einmal ziemlich selbstverständlich, nur um Tochter, Schwiegersohn und zwei Enkelkinder zu besuchen, mit herrlichem weitem, weitem Ausblick auf schneebedeckte Gebirge über Grönland und Kanada nach Seattle fliegen würde, und das mehrmals! Annemarie und ich, wir waren tief ergriffen und dankten Trutschnig Franzl für das Geschenk dieses Bergerlebnisses. Franzl studierte dann in Innsbruck im Canisianum Theologie und wir trafen uns dort öfters. Noch gar nicht alt starb er als Pfarrer in Seefeld. Annemarie blieb bis dahin mit ihm in freundschaftlicher Zuneigung verbunden. Unser Begleiter aus Graz hat sich nie mehr gerührt. Mir selbst war das Erlebnis in dieser so wunderbaren Bergwelt zugleich ein Abschied von all dem so unbeschreiblich reich empfundenen Leben und der Beginn eines neuen Zeitabschnittes, des Weges zum ersehnten Ziel. Ja, der Rote Turm war eine Berührung, leise wie das Flüstern des Windes vor der Höhle des Propheten Elias... aber auch ich erzitterte. Danach stiegen wir hinunter ins Drautal. In der Tristacher Kirche beteten wir alle vier, Gott möge uns dahin führen, wo Er uns haben will.

Für Innsbruck braucht man ein „Laissez passer"

5. September 1945, Klagenfurt. „Wo gehst du hin? Graz? Wien? Innsbruck?" So fragte mich Inge Pleschiutschnig… jene so eigenartige, kluge Mitschülerin, die sich immer sehr geschämt hat ob ihrer Mutter und ihrer Schwester. Armut in einem winzigen Zimmer hoch oben am Dachboden in der Paulitschgasse. Über ihre Herkunft wurde immer eisig geschwiegen. Inge wollte auch Medizin studieren. In Wien? Am Semmering sind die Russen, also eher nicht. Zu oft erfuhr man, dass dort immer wieder Menschen einfach aus dem Zug geholt wurden auf Nimmerwiedersehen. Graz? Aus irgendeinem Grund hatten wir eine Antipathie dieser „Stadt der Volkserhebung" (so genannt in der NS-Zeit) gegenüber. Inge wollte auf alle Fälle in der französischen Zone anfangen, also in Innsbruck. Und ich selbst? Ich war völlig auf mich selbst gestellt, nein nicht ganz, meine Schwester Annemarie war doch nach einigen Irrwegen zurück, lebte nun am alten Viktringer Ring, wie er jetzt wieder hieß, und wartete auf Verwendung in ihrem geliebten Beruf als Volksschullehrerin. Auch Tante Božena war wieder in der alten Wohnung, Melitta ging seit Kriegsende wieder völlig normal ins 6. Gymnasium, wohnte aber in ihrer

geliebten Freizeit nur allzu gerne noch in St. Georgen oben, hauptberuflich auf dem Rücken der Pferde. Wie so viele damals war Melitta „Fahrschülerin", kamen doch manche selbst aus Friesach. Mein Gott, wie war es doch herrlich, auf den alten Eisenbahnwaggons vorne oder hinten auf der offenen Plattform zu stehen, den Wind in den Haaren und das Land ringsum ohne Angst vor Partisanenfliegern vorüberbrausen zu lassen. Jetzt im September war der Feriensommer vorbei und die 7. Klasse hatte begonnen. Noch bis zum Winter blieb sie Pendlerin.

An Melitta, im Sommer

Ja, dein ist die Erde, mein Mädchen, dein
erstritten, erlacht und erlebt
Ja, dein ist die Lohe und Gras und Laub
und am Heidbruch der Nebel gewebt –
Die Flanken dampfen
überm Sattelknauf
hell jubelnd fliegt dein Haar
Galopp, Galopp
– nur zu im Lauf
oh dreimal seliges Jahr!

*– und honiggelb steht die Kerze vor dir,
ihr Licht ist so mild und warm.
Warum hast du Tränen?
Dein Haar ist so schwarz,
ich lege um dich meinen Arm.*

In mir begann Innsbruck Formen anzunehmen, Annemarie zeigte mir ein Fotobuch über die Altstadt, oft haben wir ja die wunderschönen Karten mit den Fotos von Defner verschickt oder aufgehoben. Ebenfalls durch Annemarie kannte ich den Mädchenbund „Sonnenland", gegründet von Maria Domanig in Innsbruck, ein erstes Heft gab es bereits wieder, wir hatten auch von Roswitha Bitterlich gehört und ihre Aquarelle gesehen, Namen wie Mumelter und Thurmair wurden oft genannt, der Bund Neuland aus der Jugendbewegung; Pater Sigmund aus Hötting sei eine Schlüsselfigur im derzeitigen Tirol mit seiner den Krieg lang treu gebliebenen katholischen Jugend... wir lasen, horchten, fragten, wanderten im Anschauen bereits den Inn entlang, durch den Hofgarten, zur Ottoburg, durch die Lauben zum Dom (am Foto natürlich nicht zerstört), die Hofburg entlang, den Innrain, den Rennweg, den Boznerplatz und die berühmte Maria Theresienstraße mit der Nordkette darüber, Nockspitz und Serles im Süden... für mein sehnsüchtiges Herz war die Wahl nicht schwer, obwohl auch Wien lockte, sehr lockte, schon wegen Cousin Ferdi, der damals bereits habilitiert war und eine leitende Position in Aussicht hatte.

Vor den Stufen der Landesregierung, also geradezu vor meiner Nase, stoße ich auf Pfarrer Donaubauer aus St. Ruprecht. „Was machst du weiter?" „Ich möchte in Innsbruck studieren und bekomme kein Laissez Passer." „Pass auf, da kann ich dir vielleicht helfen, wart' einen Augenblick" – Wie es dem Pfarrer Donaubauer gelungen ist, für mich in kürzester Zeit das ersehnte Laissez Passer zu bekommen, weiß ich bis heute nicht.

Am Benediktinerplatz treffe und grüße ich den mir eher nur oberflächlich bekannten und schon längere Zeit nicht gesehenen P. Johannes Rainer SJ, ehemals Präfekt im Wiener Kolleg Kalksburg, als Professor für Pastoraltheologie an die Universität Innsbruck berufen. „Gitta, du willst nach Innsbruck? Ich fahre am 12. auch nach Tirol, die Universität soll ja demnächst ihren Betrieb beginnen. Du studierst Medizin? Das ist wunderbar. Inge Pleschiutschnig auch, die kommt auch mit mir, so seid ihr zwei Mädchen nicht allein!" (Ich musste lachen über das allein… mein Gott, was musste ich nicht alles bisher allein wagen!)

Annemarie, die tolle Puppenkleiderschneiderin hat mir mit viel Fantasie und Können aus zwei alten Mänteln einen „Doppelten" warmen genäht.

Was ich sonst noch mitnahm, ich erinnere mich nicht, auf alle Fälle wurde Claras braungeprägter Lederkoffer, mehr klein als groß, angefüllt mit meinen liebsten Sachen, die ich nicht missen wollte. Da es meist Bücher waren, war auch das kleine Köfferchen eher schwer.
Abschiednehmen nennt der Franzose: „Partir c'est mourir un peu…" Mutti winkte mir von der Anhöhe bei Kilometer 2 auf der Landstraße von St. Georgen noch lange, lange nach.

St. Georgen am Längsee

Nie werd ich dich vergessen
du schmale Schale Land,
du See, wo blau und gläsern
die Mittagsstille stand.

> *Nie werde ich dich vergessen*
> *du breites, warmes Schloss,*
> *durch deines Kreuzgangs Bogen*
> *Burgfalk und Schwalbe schoss.*

> > *Nie werd ich dich vergessen*
> > *oh blumenzartes Feld;*
> > *Schneeglöckchen und Zyklamen*
> > *oh zauberhafte Welt!*

Nie werd ich dich vergessen
mein Vater, schläfst du gut?
Land, sag mir, ob mein Vater
in dir auch selig ruht.

Dr. Maier, Pfarrer in Maria Wörth segnete mein Weggehen, Tante Božena wischte sich die Tränen ab, und Annemarie? Sie glühte förmlich vor Mitfreude, dass ich nun wenigstens am Weg, am Beginn zur Erfüllung meines Berufszieles angelangt sei.
Fünf Uhr früh, Bahnhof Klagenfurt. Nirgends die geringste Spur von Pater Rainer. Inge und ich laufen die Waggons auf und ab... nirgends. Wir erklettern schließlich eine offene Plattform als „Waggon", gut, dass ich den doppelten Mantel anhatte, der Fahrtwind war Mitte September doch einigermaßen kalt. Gottlob war der Himmel blitzblau, wie damals im 45er Jahr so oft. Der Frühherbst bzw. Spätsommer leuchtete in seiner ganzen Herrlichkeit, der See in seltenem Smaragdgrün besonders bei Pörtschach, dann Villach, Spital... Halt! Diesem Anhalten folgten noch so viele, dass wir nach einer stockfinsteren, eiskalten Fahrt durch den Mallnitzertunnel erst in der frühen Dämmerung Schwarzach St. Veit erreichten. So, Gott sei Dank! Ach nein, Schwarzach ist Endstation; wir sollten alle aussteigen. Inge und ich kletterten herunter, was nun? „Gitta schau, bei

der Wasserpumpe dort, das ist doch unser Pater Rainer!!!" War das eine Freude für uns alle drei. „So, wie soll es nun weitergehen?" Auf der Salzachbrücke fällt die Entscheidung, Inge will doch nach Wien, ich auf alle Fälle nach Innsbruck. Wiederum in mir diese Klarheit, ausschlaggebend für mein ganzes weiteres, so glückgesegnetes Leben. Pater Rainer fragt nicht lange, er nimmt mich mit in das Krankenhaus der Barmherzigen Schwestern und kurze Zeit danach bin ich allein in dem blitzsauberen Untersuchungsraum der Ambulanz, bekomme Polster und Decke und die Untersuchungsliege zum Schlafen. Also völlig zünftig und berufsbezogen, nicht? Der Wind bläht die weißen Vorhänge… ich schreibe noch lange und überhöre völlig das Klopfen an meiner Türe.

Am nächsten Tag regnet es in Strömen. Eine Wackeleisenbahn plagt sich bis Rattenberg, dann heißt es wieder absteigen und mit den Sachen auf ein Pferdefuhrwerk hinaufklettern bzw. daneben gehen, kilometerweit, nass bis auf die Haut. Endlich wieder Waggons, diesmal sogar geschlossene Wagen, nicht nur Plattformen. Meinen beim Umklettern verwechselten und nun wiedergefundenen Koffer halte ich jetzt eisern fest.

Der Regen hört auf, ich sehe erstmals die Berge Tirols bei herbstföhniger Klarheit und in unglaublicher Nähe. Mein Herz wird weit und so voll Zuversicht, ich bin wieder einmal total unter „Seinen Flügeln". Am Ambulanzbett dachte ich mir, wo werde ich wohl die kommende Nacht verbringen? Wo ist wohl ein Kopfpolster für mich? Wie unbeschwert und sorglos ist man damals doch gewesen, schon im Vorhinein auf alle Fälle bereit, ähnlich wie über dem Ziegenstall in St. Veit alles anzunehmen und fürs Erste einmal gleich morgen, egal wie, zur Universität gehen. Pater Rainer ließ mich nicht aus dem Auge, vermutlich war ich für den immerhin schon älteren Jesuiten etwas zu draufgängerisch. Dabei hatte er sicherlich so im Geheimen Pläne für mich ausgedacht und beim Aussteigen am zerbombten Innsbrucker Bahnhof ließ er mich erst gar nicht Adieu sagen, sondern nahm mich einfach mit, wohin?

Auch die Gegend um die Rennwegbrücke über den Inn war damals natürlich etwas anders als heute. Unverändert steht das Kloster der Barmherzigen Schwestern, vis-a-vis die „moderne" Saggenkirche, angebaut ein langgestrecktes Schulgebäude. Pater Rainer und ich stiegen beim „Wilden Mann" in den „Einserwagen" der Innsbrucker Tramway und rasselten durch den Saggen zur Endstation beim Kloster. Die durch ihre bereits damals altmodische Eisenglocke am Zugseil Geborgenheit atmende Pfortentür wurde geöffnet von Schwester Macellina, dünn, klein, rührend freundlich und hocherfreut über die Ankunft Pater Rainers. Der kühle Gang… dann ein Kreuzgang mit Buxbaumrabatten und ein hl. Josef mit Springbrunnen… eine leider neugotische Kirche (beim späteren Mikroskopieren für das Rigorosum aus Histologie sah ich begreiflicherweise in den für ein Kunstempfinden hässlichen Mosaiken alle möglichen Histo-Präparate… Leberschnitte, ein Ligamentum teres, Unterhautfettgewebe, usw.), rechts der Aufgang zu Pater Rainers Zimmer. Neben den Vorlesungen an der theologischen Fakultät Canisianum sollte er ja für die nächsten Jahre bei diesen Klosterfrauen als Spiritual fungieren. Ich war stumm und neugierig. Eine sehr kleine, sehr voluminöse Mutter Oberin tritt ein und begrüßt freudig Pater Rainer. Bei ihren Fragen nach meiner Heimat und nach meiner Familie wird mir plötzlich wieder ganz deutlich, dass ich tatsächlich keine leiblichen Eltern mehr habe. Ihre ernste Miene im Blick rücke ich rasch zurecht. „Aber wir Geschwister haben eine sehr liebe zweite Mutter!" Erst später erfuhr ich, dass dieser Einwand ausschlaggebend war, dass ich vorerst ohne Bezahlung im Studentenzimmer gemeinsam mit einer Oberösterreicherin, Martha Thurnher, wohnen durfte.

Kloster an der Kettenbrücke

*Eine schmale Pforte,
ein Kreuz am Glockenzug,
kühlsteinerne Halle,
Bergdohlenflug
und die Berge so nah
und der Inn so grün,
    oh leuchtender Tag
    wo gingst du hin?
    Es atmet die Stille
    des Heiligsten Zeit.
    Sei dreimal gelobet
    du Einsamkeit.*

Sanatorium und Kloster mit „Marienruh" am Rennweg, Innsbruck

Leopold-Franzens-Universität Innsbruck

Am 13. September ging ich voll Erwartung und Zuversicht den Innrain entlang in Richtung Universitätsbrücke, laut Stadtplan konnte ich mich so am wenigsten verlaufen. Nach der Brücke in etwa 100 Metern das Universitätsgebäude. Ich war beileibe nicht die Einzige, die etwas nervös die Stufen hinaufging ins Medizinische Dekanat, betraten doch etliche von uns zum ersten Mal akademischen Boden. Für mich als Klagenfurterin, es gab damals ja noch keine Universität in unserer Stadt, war dieser Begriff immer mit einem gewissen Flair umgeben. Mein Vater hatte, als noch viele Jusvorlesungen in Latein gehalten wurden, in Graz studiert, mein Bruder Viktor und mein Cousin Ferdi in Wien, an der juridischen, bzw. an der medizinischen Fakultät. Es gab also bereits Promotionen in der Familie, von denen wir Schwestern nur mit höchster Ehrfurcht hörten. In Klagenfurt stand man ja als Promovent sogar in der Tageszeitung, ich übrigens auch: am 2. 2. 1951.
An diesem denkwürdigen Septembertag war da vorerst einmal eine Schlange von Wartenden. Nun, Schlange stehen kannten wir alle aus den

vergangenen Jahren nur allzu gut; um irgendein Lebensmittel sich z. B. ab vier Uhr früh anzustellen, war man ja gewöhnt. Die vielen entlassenen Soldaten vor mir und hinter mir waren froh, endlich auf etwas „Friedliches" warten zu dürfen. Mir war etwas komisch im Magen, hatte ich doch wie alle meine Mitschülerinnen kein echtes Maturazeugnis, sondern nur einen sogenannten Reifevermerk; würde der gelten? In Bayern z. B., wohin meine geliebte Bärbl vom Schletterhof schon im Oktober 1944 auf das Gut ihres Vaters übersiedelt war, wurde dieser Vermerk nicht anerkannt und Bärbl musste im Herbst 1945 noch die gesamte 8. Klasse in Bad Tölz nachholen. Das erfuhr ich aber erst viel später, denn Nachrichten für normale Sterbliche gingen noch nicht über die Grenze von Rottenbuch bei Weilheim bis Innsbruck.

Endlich war ich an der Reihe, meine Zuversicht war gestiegen, hörte ich doch die ausgefallensten Gespräche der ehemaligen Soldaten vor mir mit Frau Jäger, der „Zentralfigur" im Dekanat für uns Studenten. Viele hatten nur irgendwelche Nachweise, kamen sie doch aus den unterschiedlichsten Gegenden mit irgendwie geretteten Dokumenten. So war z. B. auch der später weithin bekannte Prof. Dr. Andreas Rett zu Fuß aus Mecklenburg gekommen und Frau Jäger hatte ihm den so heiß ersehnten Stempel und das Meldungsbuch übergeben. Schließlich waren wir alle, alle immatrikuliert und inskribiert: Universitätsstudenten... Deo gratias!

In der Aula dann lauter frohe Gesichter in den fantasievollst umgeschneiderten Anzügen aus Uniformen oder in zu großen oder zu kleinen Adjustierungen aus geschenktem oder irgendwie anders aufgetriebenem Gewand, was machte das aus! Ich besaß ja einen für damals geradezu luxuriösen englischen Trenchcoatmantel mit kariertem Futter, er hatte Bärbl gehört, Tante Lilly hatte ihn mir bei ihrer Übersiedlung geschenkt. Der „Doppelte" aus Klagenfurt war doch noch zu warm, der strahlende Herbsttag passte ganz genau zu unserer inneren Verfassung.

Also los! Wohin? Zum Anatomischen Institut, man musste sich doch für den ersten Sezierkurs anmelden. Einen weißen Mantel hatte Annemarie bereits für mich genäht und mir mitgegeben. Das alte, ehrwürdige Anatomie-Institut „öffnet seine Pforten" und gleich darauf kommt die große Enttäuschung. Der erste Sezierkurs ist mit 70 Studenten bereits voll besetzt. Konnten sich besonders Schlaue bereits früher vormerken lassen?... Eine Reihe von Kollegen und ich standen vor vollendeten Tatsachen: nein, kein Platz! Kein Mensch hatte mit über 300 Medizinstudenten gerechnet, die „normalen" 70 vorhandenen Plätze waren viel, viel zu wenig. Wie oft – unzählige Male –

standen wir dann vor den Assistenten Dr. Lang (Sohn des Ordinarius für Patholgie) und Dr. Stuefer, hoffend, dass doch noch ein Platz frei geworden sein könnte.

Mit sehr viel Geduld und Zähigkeit (wahrscheinlich gingen wir allen bereits ganz schön auf die Nerven) konnte schließlich erreicht werden, dass dann zu Vorlesungsbeginn im Oktober alle Inskribierten, auch die später dazugekommenen, an ihren Tischen im großen Seziersaal standen, allerdings nicht wie sonst üblich jeweils vier Studenten bei einer Leiche, sondern zwölf (zwei pro „Körperteil", Arme, Beine, Brust, Bauch).

Durch meine Arbeit im Krankenhaus St. Veit war mir schon vieles am lebendigen menschlichen Körper vertraut, jetzt da es sich um Leiber nach langem Formalinbad handelte, schien mir das Hantieren mit Skalpell und Pinzette nicht anders als eben ein Betrachten, Suchen, Erkennen, Darstellen von all den so faszinierenden „Bestandteilen". Mein Wissensdurst und Nachforschen war auf das Höchste gespannt und jede Neuigkeit beglückte mich als ein Aha-Erlebnis (so würde man heute sagen). Was ich als zweite Assistenz im Operationssaal bereits gesehen hatte, oft aber vor lauter Blut und unbekannten Tiefen einfach den Erklärungen des Operateurs glauben musste, lag nun sonnenklar vor mir. Wie gut, dass ich zeichnen kann, dachte ich, daheim beim theoretischen

Lernen aus Prof. Sieglbauers Lehrbuch konnte ich mir das so exakt Beschriebene wunderbar vorstellen, bzw. durch eine eigene Skizze verdeutlichen. (Das räumliche anatomische Vorstellungsvermögen hat mir auch später im Beruf oft sehr geholfen.) Es ging aber nicht nur mir so mit meiner Begeisterung, gewiss nicht, wir waren ja alle so hungrig nach neuem Wissen, nach freiem Lernen und Lesen, eben nach Studieren.

Kurz nach Allerseelen musste man das Knochenkolloquium ablegen. Ich sehe mich den Inn entlangwandern, das Buch in der Hand. Wie bedauerte ich jetzt, dass mir P. Dahn in St. Georgen das Griechische nicht doch wenigstens ein bisschen beigebracht hatte. Jetzt wäre es für das Verstehen so mancher Namen sehr hilfreich gewesen.

Die erste Anatomievorlesung bei Prof. Sieglbauer: der Hörsaal gesteckt voll, zum Bersten. (Mehr als viermal so viel Hörer als früher üblich!) Alles junge Männer, nur vorne in der zweiten Reihe sechs weibliche Ausnahmen. Der Professor kommt herein. Klein, zierlich, schneeweißes Haar, weißer Spitzbart, genau so wie man von Fotografien aus der Zeit der medizinischen Hochblüte in Wien mit Billroth, Eiselsberg, Semmelweis, Wagner-Jauregg usw. die hochgeehrten Professoren kannte.

Seine auffallend blauen Augen mustern uns... bleiben an uns Mädchen haften... Stille... dann:

„Meine Damen, der Seziersaal ist zwar ein gutes Heiratsinstitut, ich aber sage Ihnen (in Anlehnung an einen damals gängigen Schlager): Gnädiges Fräulein, lernen Sie kochen!" Pause. Wir erröten nicht einmal, alle denken wir das Gleiche: Na, dir werden wir es noch zeigen! Tatsache ist, dass später noch einige Studentinnen dazugekommen sind und mit wenigen Ausnahmen wir alle mit sehr gutem Erfolg das Medizinstudium in kürzest möglicher Zeit abgeschlossen haben.

Kurz vor Weihnachten rief Prof. Sieglbauer, dessen Vorlesungen großartig waren, mich aus dem Hörsaal zu sich hinunter. „Sie sind aus Klagenfurt? Kennen sie Moosburg? Meine Tochter lebt dort mit meinen zahlreichen Enkeln, darf ich Ihnen für das Weihnachtsfest etwas mitgeben? Übrigens, sind Sie verwandt mit Dozent Nagl von der Universitätsklinik Wien?" Ich war mächtig stolz auf diesen Auftrag und besonders auf die Verwandtschaft mit Ferdi, dessen Name mir immer wieder ohne mein Zutun Türen und Wege geöffnet hat. Dass sich aus dieser Begegnung eine jahrelange Freundschaft mit der Familie Sieglbauer ergab, war ein Geschenk, dessen Wert mir in der weiteren Zukunft immer mehr bewusst wurde.

Wenn auch das Studieren noch so schön und wichtig war, auch das Private verdiente Beachtung. Martha und ich wohnten im Kloster am Rennweg. Mein Gott, wie waren wir dankbar dafür! Unser Zimmer, zwei Betten, zwei Schreibtischteile, ein Sofa, zwei Waschtische und zwei kleine Bücherregale, im Souterrain mit einem Fenster nach Osten, war klein, lag am Ende eines großen Studiersaales für die Seminaristinnen der Lehrerbildungsanstalt der Ordensgemeinschaft. Durch diesen Studiersaal mussten wir immer durch, für die Mädchen waren wir bald Ansprechpartner bei Schulaufgaben und ich besonders für die „Freizeit" mit Singen, Singen, Singen. Alle taten so gerne mit, es waren ja auch Flüchtlinge aus Osteuropa dabei, die brachten ihre eigenen Lieder mit. Es entstanden – typisch kärntnerisch – mehrstimmig und polyphon gesungene Köstlichkeiten. Wie gut, dass ich meine Liederbücheln mitgenommen hatte und Martha spielte sehr gut auf der Gitarre. Meine eigene hatte ich noch in St. Georgen einer heimwehkranken Ukrainerin geschenkt.

Ein wahrer und besonderer Hochgenuss aber war die Tatsache, dass unser Zimmer direkt neben dem Kohlenkeller für die Zentralheizung lag. Ich habe noch nicht erwähnt, dass die alte „Marienruh", das Haus, in dem wir wohnten, bereits einen großen, weitläufigen, modernen Anbau hatte für Internat und LBA. Haupt- und Volksschule befanden sich im Anbau an die Saggenkirche. Die Zentralheizung war also enorm dimensioniert und strapaziert, ein Heizungsmann versorgte sie fast ununterbrochen mit Kohle. Um vier Uhr früh begann das Scheppern, die Rohre über uns klopften in den Ventilen (Erinnerungen an den Luftschutzkeller in St. Veit und ich im Gipsbett!), es wurde warm und immer wärmer... welche Herrlichkeit! Nicht nur der vergangene Winter war ja mörderisch kalt gewesen, auch in diesem Winter waren die Temperaturen tief genug.

Ein zweiter Hochgenuss war die Tatsache des regelmäßigen Essens. Das so begehrte Brot – damals alles noch auf Lebensmittelmarken – wurde im Kloster selbst gebacken. Es war gelb vom Mais und dem „Wundergemüse" Karotten, es war aber auch Korn dabei und es schmeckte ausgezeichnet. Wie oft konnte ich sogar ein wenig weglegen und jemandem zukommen lassen, dem es nicht so gut ging! Zum Frühstück gab es Polenta und „Frank-Kaffee" (Malzkaffee) mit echtem Zucker. Da wir auch daheim oft „Türkensterz" sehr gern gegessen hatten, machte mir die Polenta keine Probleme. Das Mittagessen war reichlich und gut, meist eine schmackhafte dicke Suppe mit Brot, Gemüselaibchen, Erdäpfelriebel, Spätzle, Nudeln in allen Formen, Knödel... selten Fleisch. Das Kloster hatte zwar eine eigene Landwirtschaft, musste davon aber noch abliefern, da ja bis 1947 die meisten Lebensmittel noch rationiert waren.

Zum Kloster gehörte auch ein sehr sehr schönes, für damalige Verhältnisse sicher elegantes Privatsanatorium mit interner Medizin und Chirurgie. Es „wimmelte" nur so von Ordensfrauen. Wenn alle zum gemeinsamen Chorgebet in die relativ große Klosterkirche einzogen, war das ein ganz schön langer Zug in Zweierreihen. Ich habe sie nie gezählt: waren es 50 oder 70 oder 100? Nie vergessen werde ich die vor Arbeitseifer schnaubende Sr. Kamilla, die Herrin des Waschhauses, aus dem es brodelte und dampfte. Immer war sie gut aufgelegt und grüßte lachend zurück, gehüllt in ganze Wolken von Dunst.

Ein Phänomen besonderer Art war „Mutter Odolina", die Schwester Präfektin, Vorgesetzte der Schülerinnen im Studiersaal, zuständig auch im Speisesaal, Hüterin der Ordnung rund um die Uhr. Wie liebevoll hat sie uns Studentinnen „Fräulein Martha" und „Fräulein Gitta" das Essen warm gestellt, wenn wir nicht pünktlich sein konnten; sie wusste auszuhelfen, mit allem was immer man brauchte, vom Bügeleisen bis zur achtsam gehüteten Nähmaschine.

Es nahte der Advent. Still und leise begann es zu schneien… Innsbruck wurde zauberhaft schön, ich begann mich auf das Weihnachtsfest zu freuen. Weihnachten und Frieden, kann man sich das vorstellen?… Die Schülerinnen hatten für jeden Studiertisch kleine Tannenkränze gebunden und Sr. Odolina spendierte längst gehortete Kerzen. Für die Kleinen war ich der Hl. Nikolaus, mit den Großen wurde gesungen und gelesen... es fehlte nur der Duft nach Kekserln, Vanillekipferln und Lebkuchen und – wer konnte sich überhaupt noch erinnern? – Aranzini und Mandarinen, oh! Wir waren trotzdem sehr glücklich. In der Nacht zum Fest Mariä Empfängnis blieb ich auf und bastelte für daheim alles Mögliche und freute mich kindlich aufs Herschenken am Hl. Abend.

Wie oft ich damals in der Sillgasse in der Französischen Präfektur war, um wieder einmal einen Stempel zu ergattern für die Ausreise aus der französischen in die englische Zone, kann ich gar nicht schildern. Allen, die nicht in Tirol oder Vorarlberg daheim waren, ging es so. Schließlich half, um den ersehnten Stempel zu erhalten, eine Bestätigung von Prof. Sieglbauer, dass ich, man höre und staune, ein Skelett für die Firma Fialla am Alten Platz in Klagenfurt begleiten müsste.

Es schneite die ganze Zeit und bei Sonnenschein leuchteten die Berge um die Stadt unbeschreiblich schön.

Am 23. Dezember spät nachmittags kam ich in Klagenfurt an... ich war allein, niemand wartete auf mich am Bahnhof. Was hatte ich eigentlich erwartet? Warum suchten meine Augen den Perron ab? Ich suchte unseren Vater, der es zu seinen Lebzeiten nie versäumt hatte, uns Kinder am Bahnhof abzuholen. Und da geschah es zum dritten Mal, dass ich um Vater weinte.

Unser Elternhaus war größtenteils von englischen Soldaten besetzt, in unserer Familie war ein „Heimkehrer" einquartiert, Heinz Vallek, ein junger Soldat aus Breslau, der nichts von seinem Zuhause oder seinen Eltern wusste.

Wir hatten wieder, wie in früheren Zeiten, einen großen Christbaum, zwar mit nur wenigen Kerzen, aber edel gewachsen und duftend… wir sangen, sangen, sangen bis zur Mitternachtsmette im Dom. Da weinte ich zum vierten Mal, ich schämte mich nicht, viele weinten. Wieder aber wusste ich um den Psalm 91… Gottes Flügel… die Berührung war so stark und spürbar. Unter diesen Flügeln geborgen fuhr ich wieder zurück nach Innsbruck.

O. Univ.-Prof. Dr. Felix Sieglbauer

Zu einer Zeit, in der die allgemeine Lebenserwartung längst noch nicht so hoch war wie heute, war es schon etwas Besonderes, mit 80 Jahren noch eine Ehrenvorlesung im Fach Anatomie zu halten. Dass es dann aber nochmals in völliger geistiger Frische eine Festvorlesung zum 90. Geburtstag gab, war schon eine Gnade.

Vielen von uns seinerzeitigen Hörern ist er noch ganz gegenwärtig: lebhaft und beweglich, spontan in seiner Rede, die einzelnen Sätze knappest bemessen, Schluss, punctum, so ist es eben! In der Anatomie gilt wie in der Mathematik Klarheit, Form, Schönheit, ehrfürchtiges Akzeptieren. Das alles müssen wir eben können und wissen, um ein guter Arzt zu werden. Eine hohe Aufgabe!

Prof. Sieglbauer, war klein, fast zierlich,

im schwarzen Arbeitsmantel leuchteten seine langfingrigen Hände umso mehr. (Er liebte das Klavierspiel am Bechsteinflügel in seiner Villa hoch oben in Hötting.) Hoher weißer Kragen, Krawatte, schlohweißes, relativ dichtes Haar, ein der früheren Wiener Schule (vor 1938) nachempfundener, gepflegter Spitzbart. Dazu strahlende helle, blaue Augen. Gebürtiger Wiener, in Leipzig promoviert, mit seiner Frau Käthe lange glücklich verheiratet, zwei Töchter, davon die eine, die ich kennen lernte, mit einer Anzahl von (Enkel)kindern in Moosburg, die andere in Vorarlberg.

Viele, viele Male bin ich die Brandjochstraße hinaufgegangen und habe die Stunden der Gespräche geliebt, den Tee aus den Meißner Tulpentassen oder das Mittagessen, meist mit Sauerkraut und viel Knoblauch genossen, unvergesslich. Zur Promotion schenkte er mir die eigenhändig mit feiner, winziger Bleistiftschrift versehenen Korrekturfahnen seines Anatomielehrbuchs. Ich habe sie in Ehren aufbewahrt.

Wann immer ich später mit meinem Mann nach Innsbruck kam, wir versäumten nie einen Besuch in der Villa Sieglbauer. Beim Abschied begleitete er uns immer den schmalen Gartenweg bis zum Tor, hob mit einer für ihn charakteristischen Geste die Hand und winkte uns noch lange nach.

Prof. Sieglbauer wurde fast 100 Jahre alt, ehe er sein reiches Wissen, für das er gelebt und gear-

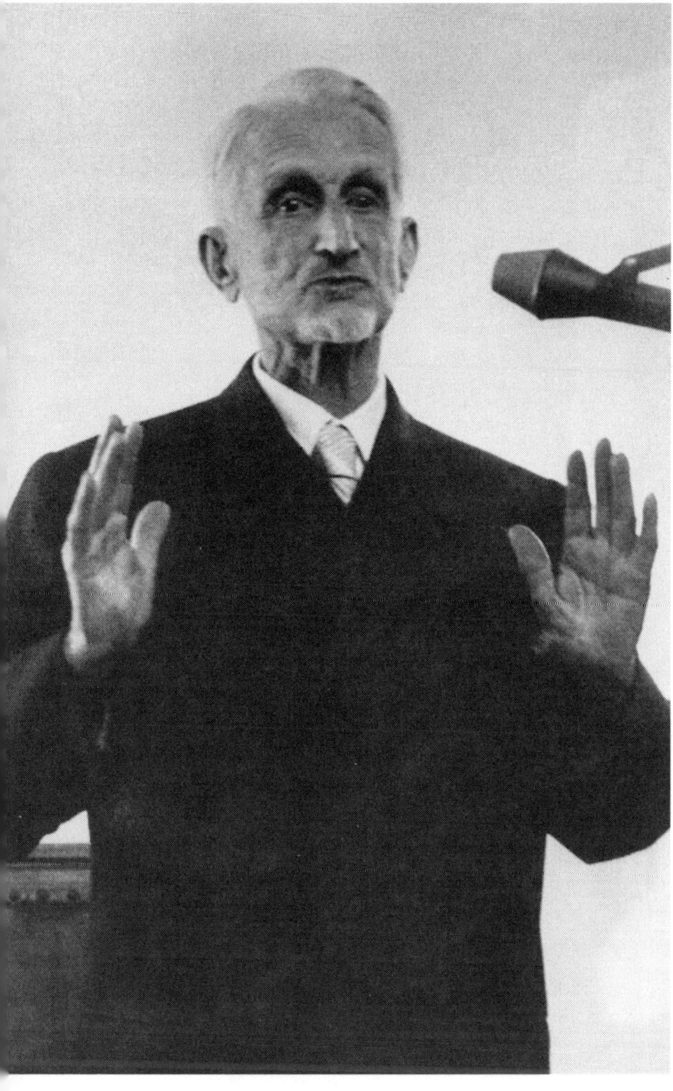

beitet hatte, zurückgeben musste in die Hände seines Schöpfers, der ihm immer Frage und Rätsel war, den er aber nie geleugnet hatte. Ja, wir haben lange und viel geredet und philosophiert. Auf seine Bitte hin gab ich ihm Teilhard de Jardin zu lesen. Er schrieb mir zurück: „Welch herrliche Schau! Für mich völlig neu. Ich hab es ja nie so gesehen, ich danke!"

Neue Begegnungen

Zurück ging es in das herrlich warme Zimmer und die so wohltuende Ordnung der Tage! Im Seziersaal höre ich einen Kollegen sagen: „Der dort im schwarzen Mantel der steigt demnächst schon in Anatomie. In Wien haben alle Studenten schwarze Mäntel, beneidenswert sein Vorsprung!" Heute weiß ich, dass mein späterer Mann als ehemaliger Sanitäter uns tatsächlich bereits ein Semester voraus war. Auch ihm, wie so vielen anderen, war nach der Entlassung aus amerikanischer Gefangenschaft ein Überqueren der berüchtigten Ennsbrücke noch zu unheimlich gewesen, deshalb war auch er in Innsbruck geblieben (bis 1947). (In Wirklichkeit war der schwarze Arbeitsmantel keine Wiener Spezialität, sondern ein Relikt aus seiner Gymnasialzeit, in der er mit jugendlicher Begeisterung mit seinem Chemiekasten experimentiert hatte.)
Unter uns Studierenden kam es bald dazu, dass sich offene Gruppen bildeten: CVer, Oberösterreicher, Salzburger, Kärntner. Tiroler und Vorarlberger blieben eher an ihr Zuhause gebunden. Gemeinsame Interessen führten zu langen Gesprächen, Gespräche, die manchmal kein Ende nehmen wollten, man ging – wie ich z. B. – viermal von der Anatomie hinaus zur Kettenbrücke

und zurück, die Kaiserjägerstraße entlang. Philosophische und metaphysische Fragen beschäftigten uns sehr. Seit Monaten traf sich ein Kreis von Studenten regelmäßig bei dem bekannten Radioprediger P. Dr. Heinrich Suso Braun, OMF Cap. (wir nannten ihn kurz P. Suso); jeden Sonntag gab es in der Spitalskirche Ansprachen bekannter Theologen, u. a. von den Brüdern Hugo Rahner und Karl Rahner, dem späteren Konzilstheologen von Kardinal König. Gestalten wie Ignaz Zangerle oder Ludwig Ficker beeindruckten und beeinflussten uns sehr.

P. Dr. Heinrich Suso Braun OFM Cap. Radioprediger, Hochschulseelsorger Innsbruck

Im Frühling, so schön wie 1945, wanderte ich mit Block, Bleistift und Buch am Klosterweg den Inn entlang, ringsum die blühende Wiese, über mir die strahlende Nordkette, und genoss es, dass ich Formeln, Beschreibungen und Erklärungen des Physiklehrbuchs so ohne weiteres verstehen konnte.

Viele andere Studenten fuhren zur gleichen Zeit auf die Seegrube zum Schifahren… ich nicht, denn ich konnte ja „nur" Eis laufen, aber wo?

Schlittschuhlaufen auf der Lend

Nach vorne ging's leicht,
weit, so weit,
immer weiter den Kanal entlang.
    Keine Angst,
    ich kann's ja,
    seht nur, seht!
Ich sollte längst umdrehen…
und kann es nicht,
weil sich meine „Friesen"
immer verkreuzen.
Und doch am See draußen, da lauert
die fürchterliche, finstere Tiefe
unter dem Spiegeleis, wo

die Waller so unheimlich
herumschwimmen und heraufschauen nach mir!
Ich bin doch nicht
das „Büblein auf dem Eis"...
So helft mir doch! –
Vaters Hand umschließt die meine...
Ob die Waller mich auslachen?

Mein erstes Rigorosum am 6. 6. 1946 in Physik bei Prof. Steinhauser beglückte mich, ich hatte mit solcher Begeisterung alles förmlich in mich hineingesogen, es wurde meine erste Auszeichnung.

Kurz vor Pfingsten lud P. Suso ein paar Studenten zu sich in seine Klosterzelle, mich allein ins Sprechzimmer, ich durfte ja nicht in die Klausur. Er fragte uns, ob wir über die Feiertage nach Salzburg fahren wollten, es gebe eine Einladung von einer Wiener Gruppe: katholische Studenten aus ganz Österreich sollten sich kennen lernen. Mit sehr unbestimmten Erwartungen fuhren wir zu viert ab (ich als einziges Mädchen). Da beim Übertritt von der französischen in die amerikanische Besatzungszone eine strenge Kontrolle zu erwarten war, mussten unsere Ausweise „stimmen", mein eigener aber galt nur für die englisch-französische Grenze. Was tun? Mit einem von einer lieben Kollegin geborgten „Laissez passer" erwartete ich zitternd die Kontrolle: nichts passierte. (Bei der Rückfahrt war ich dann völlig ruhig und sicher.)

Die erste Überraschung in Salzburg war die für unsere Begriffe große Zahl der „anderen", die aus Graz und besonders aus Wien gekommen waren (insgesamt etwa 40). Nach einem anfänglich zögernden Kennenlernen, kamen wir uns nach der gemeinsamen Heiliggeistmesse in St. Peter und einem Empfang in der erzbischöflichen Residenz immer näher.

Vorträge und z. T. lebhafte Diskussionen ließen uns erst allmählich erkennen, dass hinter der Veranstaltung eine sehr klare Idee stand: Die Gründung der Katholischen Hochschuljugend Österreichs als Rahmen und nachhaltige Struktur für die Kreise, die sich spontan um Dr. Reichenpfader in Graz, um P. Suso in Innsbruck und in Wien, um den Träger dieser Idee, den für uns alle unvergesslichen Dr. Karl Strobl gebildet hatten (in Wien war Strobl schon während des Krieges Seelsorger für einen sehr lebendigen Kreis engagierter Studenten und – welch ein „Zufall" – einem von uns vier „Innsbruckern" (meinem späteren Mann!), schon lange gut bekannt durch zahlreiche Zusammenkünfte im Haus seiner Eltern). Als sich dann am Abend vor dem Abschied Grazer, Wiener und Innsbrucker auf der Hohensalzburg trafen und dort auf einem Felsvorsprung sitzend in die sinkende Sonne hinein gemeinsam zu singen begannen, waren wir alle nicht nur sehr romantisch gestimmt, sondern vor allem glücklich, weil wir spürten, dass ein gemeinsames Ziel uns verband. Freundschaften für ein ganzes Leben waren in Salzburg entstanden.

Unseren Hunger während der langen (fast einen Tag dauernden) Bahnfahrt nach Innsbruck stillten wir vergnügt mit z. T. schimmeligem Brot, was machte das schon aus!

Salzburg –
in der erzbischöflichen Residenz

Eine weiche Mädchenstimme
nimmt dem Abend seine Lieder
sanft aus seinen samt'nen Händen
und die Lippen formen wieder
seine Sänge, lang wie Schnüre,
matt im Glanze bleicher Perlen…

> *Oder sind es klare Tropfen?*
> *Leise rauschet die Fontäne*
> *und vom Dom her kommt ein Klingen,*
> *so als säng' die steinern' Kuppel*
> *sehnsuchtsvoll ihr „Pange lingua".*

Weiche Lehnen, hohe Stühle,
Holzgetäfel, Marmorkühle,
an den Wänden hoch und einsam
bischöfliche Landesfürsten.

    Hörst den Goldbrokat du rauschen?
    Sag, rührt jener nicht den Finger
    steil zu einer jener Gesten,
    die in ungezählten Festen
    einst den dunklen Raum verschönten?

Ob die Bilder lächeln können?
… über dem Domplatz stehen die Sterne,
der große Wagen fährt durch die Nacht.
Fahr zu, goldner Fährmann,
Vergangenheit ist leise aufgewacht.

Blick auf Salzburg

Ach, es sind wohl hundert Türme
klein und groß und rund und schlank
und die Salzach wie das Streicheln
einer guten warmen Hand,
so als glätte sie die Wirrsal
aller Dächer hoch und krumm
und als lächle sie zu allem
und schlöss' doch ihr Band darum.
Menschen hasten durch die Straßen
Worte, Lieder, fremdes Eilen,
alle, alle sind voll Sehnsucht
keiner, keiner mag verweilen,
... bis der Abend dann auf einmal,
bis ein Tönen aufwärts steigt
und mit ihren Silberglöcklein
die Stadt ihre Sehnsucht zum
Schöpfer geigt...

Abend auf der Hohensalzburg

*Der Mond hat seine Tore
heut' festlich aufgetan
und hebt mit unserm Chore
nun auch zu singen an,*

*es rauschen rings die Zweige
und flüstern durch die Nacht
wie eine ferne Geige,
die leise aufgewacht.*

*Die schluchzt zu unserm Singen
als wär's ein Amselsang
und unsres Herzens Sehnsucht
wird grenzenlos und lang.*

*Ich möcht' die Augen schließen
… werd' ich zum Königskind?
Fern über Stadt und Türmen
weht feuchteschwer der Wind.*

*Ich weiß nicht, wie dich nennen
du Nacht, du dunkler Gast,
fühl' meine Lippen brennen
und finde nirgends Rast.*

*Wir singen unsre Lieder
dem Abend in sein Herz
und singen Lust und Liebe,
Tränen, Leid und Schmerz.*

*Der Mond hat seine Tore
nun festlich aufgetan
und hebt in unserm Chore
sein silbern' Orgeln an...*

Am 3. Juli nahm mich P. Rainer nach Obergurgl mit. Seit langem schon vertrat er jeweils im Juli den dortigen Pfarrer und war mit der Familie Angelus Scheiber herzlich befreundet. Mich hatte Familie Scheiber für 14 Tage eingeladen. In Zwieselstein begann die Fußwanderung, ich weit voraus, P. Rainer betete während des Gehens sein Brevier.

Wer heute die vorletzte Kurve des Wegs nach Obergurgl durchwandert, kommt an einem Kreuz vorbei; Wind und Wetter haben ihm durch 57 Jahre deutlich zugesetzt. Genau an dieser Stelle hörte ich auf einmal ein lautes rasselndes Ausatmen: mitten auf dem Weg lag P. Rainer – tot! Seltsam, ich war überhaupt nicht aufgeregt, wie so viele, viele Male in meinem späteren Beruf überströmte mich angesichts des Todes, besonders des plötzlichen, eine unbeschreibliche Ruhe und Frieden. Es war, als hätte sich das ganze Ötztal

um diese Stelle herum für diesen Heimgang geschmückt.
Ich öffnete bei P. Rainer Hemd und Rock, horchte am Herzen – absolute Stille! So ist es also, nun ging dein Wunsch in Erfüllung, lieber P. Rainer, in Gurgl zu sterben und dort auch begraben zu werden.
Nach langer Wartezeit in der Einsamkeit, ich wollte den Toten nicht allein lassen, kam Angelus Scheiber, um wie versprochen P. Rainer zu begrüßen… nun war alles anders. In seinem Filzhut

P. J. E. Rainer SJ
† 3. 7. 1946

holte er Wasser aus dem nahen Bach – rundum ein blühendes Meer von Almrausch – und goss es über P. Rainers Kopf, wohl unbewusst, um in diesem Schock wenigstens irgend etwas zu tun. Wir hoben den schweren, großen Mann in die Wiese voll Blumen – Angelus ging zurück, den Pfarrer zu holen, wieder war ich eine Stunde allein mit dem Toten, den ich doch so verehrt und lieb gewonnen hatte... eine Vaterfigur?... zum fünften Mal weinte ich um meinen Vater.

Wer auf den Gurgler Friedhof kommt, sieht gleich beim Eingang das Grab. Ein Wolkenbruch in der Nacht hatte die Brücke über den Bach weggerissen, und so kam es, dass P. Rainer nicht im Grab der Jesuiten in Innsbruck, sondern wie insgeheim von ihm erhofft, im Ötztal begraben wurde.

Studieren in Innsbruck

Herbst 1946: Ich habe mich sehr gewundert, auf allen Wiesen blühen tatsächlich Margeriten. Am liebsten hätte ich gleich einen ganzen Strauß gepflückt. Den Sommer über hatte ich großteils im Spital verbracht, diesmal aber nicht als Praktikantin bzw. Famulantin, sondern als Patientin. Schon seit dem 16. Lebensjahr kämpfte ich ja mit immer wiederkehrenden Magenschmerzen und war schon daheim in Klagenfurt in Behandlung gewesen. Die Todeskrankheit unserer Mutter kannten wir alle nur zu gut. Ein Röntgen bewies meine Befürchtungen, ich hatte gleich zwei Ulcera ventriculi (Magengeschwüre). Wochenlange konservative Therapien blieben erfolglos. Noch vor unserer so schicksalhaften Ötztalreise war Pater Rainer mit mir zum Chefarzt des Sanatoriums an der Kettenbrücke gegangen, der mich an Prof. Chiari weiterempfahl. Dieser riet sofort zur Operation und führte sie schließlich im August 1946 tatsächlich aus, allerdings nach einer schon damals nur mehr wenig gebräuchlichen – heute würde man sagen – überholten Methode. Obwohl ich über Vermittlung der unermüdlichen Sr. Angela von der Bahnhofsmission im Anschluss an den Spitalsaufenthalt mit einigen erholungsbedürftigen CS-Schwestern inmitten blühender Herbstmargeritenwiesen in Rinn, oberhalb von Hall auf Erholung war, traten die alten Beschwerden bald wieder auf. Die Einhaltung einer „schonenden Ernährung" oder gar einer strengeren Diät erwies sich ja noch als praktisch unmöglich. (Knapp zwei Jahre später musste ich daher neuerlich „unters Messer"; in Wien hat mich Prof. Finsterer nach der klassischen Methode nach Billroth II nachreseziert.)

An der Uni vor dem Dekanat warteten wieder „Anfänger". Keine Heimkehrer mehr, sondern normal gekleidete „Noch-nicht-Studenten" mit völlig ordnungsgemäßen Maturazeugnissen… Frau Jäger stempelte Meldungsbücher, keinerlei Schwierigkeiten, alle waren ab sofort immatrikuliert.

Bei den Vorlesungen für das dritte Semester im Anatomiehörsaal sind die Reihen gelichtet… viele der liebgewordenen Freunde und Kollegen sind nach Wien abgewandert, die „Ennsbrücke" war nicht mehr so unheimlich. Auch der „Student mit dem schwarzen Seziermantel" ist nicht mehr zu sehen, er ist schon in Anatomie „gestiegen" und „stuckt" jetzt wahrscheinlich für die letzten Prüfungen des ersten Rigorosums. Warum ging ich selbst nicht nach Wien? Seltsam, das kam für mich überhaupt nicht in Frage. Ich dachte nicht einmal daran. Meine innere Uhr war darauf einfach noch nicht eingestellt.

Die Vorlesungen: Chemie bei Prof. Stöhr, der fast wie im Gymnasium noch den Stoff von Anfang an ganz systematisch entwickelte, fürs Erste kinderleicht… später dann doch schwieriger, aber wunderbar klar erklärt. Seine Gattin betreute die praktischen Übungen: unvergesslich die blitzblaue Chloroformprobe. In Anatomie wurde auf schon Bekanntes aufgebaut, nach Prof. Sieglbauers Emeritierung von Prof. Sauser vorgetragen – welch Unterschied, bald aber waren wir an seine Art gewöhnt, das Lehrbuch Sieglbauers blieb ja unser Studiengepäck, das wir eifrig durchstudierten, jeder Satz ein Genuss. Ich hatte ein besonderes Privileg: Im Naturgeschichtskammerl der Klosterschule gab es ein vollkommen echtes komplettes Knochenskelett! Man kann sich denken, wie ich beneidet wurde, es schien ja beinahe unfair den anderen gegenüber. Auch ein überdimensionales Ohr hatte ich zur Verfügung, das gesamte Hörorgan, ebenso das komplette Modell eines Auges. Zeitlebens ist mir das Hörorgan (im Besonderen die Schnecke) am „sympathischesten" (und interessantesten) geblieben, bis heute. Neu und faszinierend für mich waren die mikroskopischen Bilder in Histologie, dem ursprünglichen Fach Prof. Sausers. Mit großer Freude wurde ich bei ihm Demonstratorin, Prof. Sieglbauer überließ mir dazu einen ganzen Schatz an Präparaten, ich durfte in seinem Arbeitszimmer sitzen und mir alles einprägen. So konnte ich schließlich bestens vorbereitet in den zwei darauf folgenden Semestern das erste Rigorosum – letzte

Prüfung in Physiologie bei Prof. Scheminzky – erfolgreich abschließen.

Wie schon in meiner Gymnasialzeit war ich aber auch bekannt für Nachhilfe geben und Ausprüfen. Sonntage lang saß ich mit der einen und der anderen Kollegin beisammen... wir „stuckten". So sehr das Studium auch faszinierte und Zeit in Anspruch nahm, es blieb noch genug übrig für vieles andere. (Im Rückblick wundere ich mich oft, wie all die verschiedenen Aktivitäten im Tagesablauf untergebracht werden konnten, es war nicht nur möglich – es war wunderschön!)

Wir besuchten und genossen Konzerte und hoch interessante Theaterabende (in lebendiger Erinnerung geblieben ist mir Sartres „Hinter verschlossenen Türen") und sahen kulturell wertvolle Filme (z. B. Dostojewskis „Idiot").

Vor allem aber wurde nach dem Impuls des Salzburger Pfingsttreffens das Leben in der katholischen Hochschulgemeinde intensiver. Regelmäßige Zusammenkünfte bei wöchentlichen Gottesdiensten in der Johanneskirche am Innrain, Vortrags- und Diskussionsabende, karitatives Engagement, z. B. in der Bahnhofsmission, in ganz besonderer Weise aber auch gemeinsame Wanderungen ließen eine offene Gemeinschaft entstehen. Trotz Herbst- und Winterwetter wanderten wir oft über Mühlau, Arzl, Thaur nach Absam oder hinauf zum Höttinger Bild. Die Wiesen voll Herbstzeitlosen, später dann in weißer Pracht. So entstanden und wuchsen persönliche Freundschaften, die weit über die Studienzeit hinaus (bis heute) andauerten und uns gegenseitige Bereicherung erfahren ließen.

Die Bahnhofsmission

Irgendwie hatte ich erfahren, dass die Schwestern der Caritas socialis am Innsbrucker Hauptbahnhof Studenten und Studentinnen suchten, die bereit wären, Hilfsdienste zu leisten. Die CS-Baracke am Bahnhof war täglich überfüllt mit Heimkehrern, „Displaced persons", Flüchtlingen, Menschen ohne Hoffnung und Zukunft. Gemeinsam mit zwei Kolleginnen meldete ich mich sofort. Um fünf Uhr früh fingen wir an. Sr. Angela, rundlich, immer Güte und Geduld ausstrahlend, freute sich sichtlich über jede von uns. Wir bekamen – wie sollte es damals anders sein – jede eine weiß-gelbe Armbinde und vorerst einen Platz beim Bügelbrett. Die Notbetten der Baracke waren täglich zu wenig, Matratzen und Decken auf dem Boden dienten auch als Schlafstellen... zum Leintuchwaschen oder gar Auskochen gab es keine Möglichkeit, also wurden sie nur (zur Desinfektion?) sehr heiß und lange gebügelt.
Im Warteraum und auf dem Bahnsteig saßen sie

dann, die Menschen, von weit hergekommen, meist sehr still, todmüde; sogar die Kinder auf dem Schoß oder zwischen den Knien der mageren Mütter schrien nicht, nur die ganz Kleinen jammerten und weinten. Eine Woge des Krieges hat sie alle nach Innsbruck geschwemmt, angespült. Sie ähnelten sich alle irgendwie, eingefallene Wangen, riesige Augen, die Hände um irgendeine Habseligkeit geklammert. Im immerhin schon sehr kalten November 1945 kein oder fast kein wärmendes Kleidungsstück, die Kinder in Decken gewickelt – das ganze Bild eine einzige Frage: Was geschieht mit uns weiter?

Wir hatten Milch, heiße Milch für die Kinder, Suppe für die Erwachsenen und vor allem Brot, die damals größte Köstlichkeit: Brot! Dann die warme Baracke, ein sauberes Bett bzw. Lager, liebevolle Zuwendung. Kleinere Verletzungen wurden versorgt... mit einem jungen Flüchtling mit einem fürchterlich vereiterten Daumen wanderte ich einmal in die Klinik, er hatte schreckliche Angst und war so verwundert, dass alles nach einer Lokalanästhesie gar nicht weh getan hat, dass er zu weinen anfing. Er durfte dann sogar in der Zentrale der Caritas socialis in der Greilgasse schlafen. Ich habe immer noch diese umfunktionierte Wohnung vor Augen, Anlaufstelle für viel Kummer und Tränen. Die Kochtöpfe am Herd waren immer voll mit „etwas Nahrhaftem", freilich meist nur mit einer dicken Suppe, aber sehr gut! Solche Kochtöpfe, es gab sie auch im Caritashaus der Diözese in der Museumstraße, waren Hungerstiller noch weit in die nächsten Jahre hinein.

Sr. Angela kam Jahre später nach Wien und begleitete mich und meine Familie bis zu ihrem Tod im Altersheim (in Kalksburg), wo wir sie noch kurz vorher voll Dankbarkeit besucht hatten.

Den Sommer 1947 benützte ich dazu, neuerlich im Krankenhaus St. Veit bei all den lieben Bekannten zu famulieren, als zweite Assistenz kannte ich mich ja immer besser auch bei Operationen aus und Prim. Altenstrasser freute sich über mein röntgenologisches und internes Interesse. Die Tage waren wieder sehr ausgefüllt. Die Nächte verbrachte ich wie früher im gastlichen Schmidthäusel über dem Ziegenstall.

Meine Schwester Melitta hatte inzwischen auch in Klagenfurt maturiert und kam im Wintersemester 1947/48 ebenfalls nach Innsbruck. Da sie in der Fallbachstraße in St. Nikolaus, am linken Innufer ein Zimmer mit einem Mädchen aus Rumänien teilte, wussten sie bald, dass es in der Pfarre einen billigen, guten Mittagstisch gab. So entstanden auch für sie wertvolle Bekanntschaften, sammelten sich dort doch auch Studenten aller Fakultäten. Melitta studierte ihre so sehr schon seit langem geliebte Anglistik, Philosophie und Germanistik. Durch ihre offene und allem aufgeschlossene Art, ihre Hilfsbereitschaft und Begabung im Umgang mit anderen, kam der Pfarrer auf die Idee, sie mit einem Kindertransport erholungsbedürftiger Innsbrucker „Caritaskinder" in die Schweiz zu schicken. Ja, Melitta war den ganzen Sommer 1948 im Kanton Zug.

Zur gleichen Zeit lag ich in Wien im Floridsdorfer Krankenhaus an der Abteilung meines Cousins Ferdi, diesmal zur Vorbereitung auf meine neuerliche Magenresektion, die nach der erfolglosen ersten Operation unumgänglich geworden war. Prof. Finsterer, ein hervorragender Chirurg mit besonderer Erfahrung mit alten Menschen, operierte, um seinen Patienten die „Belastung einer Narkose zu ersparen", prinzipiell nur in Lokalanästhesie, für mich wahrlich kein Vergnügen! Als ich dann an seiner Abteilung im Wiener Allgemeinen Krankenhaus zahlreiche Besuche von meinen alten Innsbrucker Freunden, aber auch von Bekannten aus Wien (14 an einem Tag!) bekam und dann noch besorgte Anrufe aus Klagenfurt und Innsbruck, auch von Sieglbauer und P. Suso, kamen, fragte er mich erstaunt: „Wer sind Sie eigentlich?"

Die Erholung nach der Operation (es hatte nachher einige unangenehme Komplikationen gegeben) ging nur schleppend und zaghaft voran. Mit einiger Mühe überstand ich das Wintersemester (1948/49) in Innsbruck, doch dann wurden mir – durch Melittas Vermittlung – Tage, Wochen und Monate geschenkt, die ich nie vergessen werde.

Schweiz

Vom Februar 1949 bis Ende Oktober, also dreimal drei Monate, hatte ich das große Glück, das für uns damals „Gelobte Land" in vielen Kantonen zu erleben. Zwei Monate teils in Menzingen, teils in Oberägeri im Kanton Zug, wochenlang in Randa bei Zermatt, im Lötschental, in Lugano, in Zürich, Luzern, am Neuenburgersee, am Vierwaldstättersee, im Hochgebirge um Eiger, Mönch und Jungfrau und zurück in das so gastliche Haus am Hügel in Menzingen. Wie bin ich zu diesem Geschenk gekommen?
Melitta hatte durch die Pfarre St. Nikolaus in Innsbruck den Auftrag bekommen, Caritaskinder auf ihrem Kriegserholungsaufenthalt zu begleiten. Melitta war tief berührt über die Gastlichkeit und Herzlichkeit, mit der die kriegsmageren Kinder aufgenommen wurden, die anfänglichen Heimwehtränen waren meist bald versiegt. Die „Maiteli und Buebli" bekamen bald rote Backen, die Wangen wurden rund... das Kinderlachen war bald überall zu hören und Melitta hatte eigentlich nur sehr wenig zu tun. Bei ihren Hausbesuchen sprudelte es nur so aus den Kindern heraus, am meisten hatte es ihnen die Schokolade angetan, manchen völlig unbekannt wie z. B. auch ein dick bestrichenes Butterbrot und obendrauf noch

In der unvergesslichen Kaplanei Menzingen

Käse. Sie reimten: „Mein Bruder in der Schweiz, der hat es gar fein, er isst in den Käse die Löcher hinein."

Die riesigen Schokoladepackungen mit den vielen so wunderschön und bunt eingewickelten Täfelchen entzückten alle. Vieles an solchen Herrlichkeiten bekamen die Kinder doch tatsächlich von ihren Gastfamilien geschenkt. Melittas Unterkunft war die „Kaplanei" in Menzingen, einer blitzsauberen hübschen Ortschaft auf einem Hügel, von dem aus man bei klarem Wetter sogar den Zürichsee sehen konnte. Westwärts ein Tal und dann wieder ein Hügel, der „Gubel". Überall die berühmtem Zuger Kirschbäume, kommt von dorther doch der „Chriesischnaps" und zur Erntezeit wimmelt es rund um den Erntesegen von Pflückern oder ihren Helfern. Über den Gubel konnte man hinüberwandern zu meinem späteren Quartier im nächsten Jahr. Der Kaplan in der „Kaplanei" war der Sohn einer kinderreichen, hoch angesehenen Zuger Bürgerfamilie, er hieß Andreas Marzohl. Die Hauswirtschaft besorgte seine früh verwitwete Schwester Margrit mit ihren noch kleinen Kindern Andresli und Jaköbli, neun und sechs Jahre alt. Für Margrit gab es viel zu tun, das große Haus, der sehr große Gemüse- und Blumengarten, die zwei Kinder und auch schon vor uns immer wieder Begleiterinnen von „Caritaskindern" aus Österreich und Deutschland.

Für mich persönlich wurde Kaplan Andreas mit seinem riesigen Bekanntenkreis geradezu zum Manager. Nachdem ihm Melitta von ihrer „erholungsbedürftigen" Schwester erzählt hatte, hatte er sich dafür eingesetzt, dass auch ich eingeladen wurde.

Meine Anwesenheit in der Kaplanei wurde bald im „Blauring" bekannt, der kantonübergreifenden katholischen Jungschar der Schweiz. Es dauerte nur Tage und die Dekanatsleiterin aus Zürich kam in die Kaplanei, um mit mir meine Mitarbeit zu besprechen. Andreas hatte wohl übertrieben, jedenfalls wusste Frau Annemarie von Arx von meinen „musikalischen und graphischen Begabungen" und spannte mich sofort ein. Plakate, Kalenderillustrationen, Liederheftern sollten entstehen, Bilderbuchillustrationen und als Hauptanliegen eine Urkunde für die

In der Schweiz

Die Kaplanei

Führerinnenweihe im Blauring. Dazu bekam ich – welche oft ersehnte Kostbarkeit! – einen Tempera-Malkasten, echte Marderhaarpinsel und weißes Papier!!! Zuhause im Nachkriegsösterreich war alles Gedruckte noch auf scheußlich grauem Untergrund zu lesen, reinweißes Papier blieb noch lange ein Traum. Ich begann zu arbeiten, wunderbar sorglos und glücklich. Dazwischen bemühte ich mich, in den mitgenommenen Skripten weiterzukommen, nahte doch das Absolutorium auf der Uni und somit der Prüfungsstart für das zweite und dritte Rigorosum. Pathologie und Pharmakologie warfen ihre Schatten sogar über die „Schwyzer Berge". Die Zeit verflog.

Am 2. Juli holte mich Rektor Hunzicker, Präses der Katholischen Jugendverbände der Schweiz, in Menzingen ab und fuhr mit mir kurzerhand ins Wallis zu einer weiteren Aufgabe. Auch diese Reise und den dreimonatigen Aufenthalt in Randa im Zermattertal verdankte ich der Umsicht unseres lieben Andreas. Wie kam alles zu Stande? Die Zürcher Caritas schickte alljährlich Kinder aus armen Verhältnissen für je drei Wochen in das Erholungsheim im Dorf Randa, ca. 10 km vor Zermatt.

Das Matterhorn war in Randa nicht zu sehen, wohl aber der so unsagbar schöne, im Morgenlicht fast durchsichtige Gletscherabbruch des gewaltigen Weißhorns. Dorthin ging nun meine

Matterhorn

Reise. Ich war nicht die einzige, von Nachkriegswirren strapazierte Begleiterin dieser Gruppen, Gisla Klüwer aus Köln, Anne Mockel aus der Normandie, noch drei Deutsche aus Westfalen, eine Österreicherin aus der Steiermark und eben ich aus Innsbruck, bzw. Klagenfurt. Andreas hatte es fertig gebracht, dass ich mit meinen acht Semestern als Medizinerin zur ärztlichen Betreuung mitgenommen wurde und bis Ende August bleiben durfte. Ich hatte eine kleine Kammer mit winzigem Balkon. Gottlob hatte ich außer einer akuten Mittelohrentzündung bei der Kinderschar kaum

Am Gornergrat

etwas zu tun. Kleinere Spiel- oder Sportverletzungen „verarztete" ich, der Apothekenschrank war so übervoll bestückt, als kämen Katastrophen auf mich zu. In meiner Funktion war ich natürlich bei allen Ausflügen mit meinem Erste-Hilfe-Köfferchen dabei und erlebte so landschaftlich Wunder über Wunder. Wer einmal im Zermatter Tal nach der letzten Biegung erstmals das Matterhorn gesehen und erlebt hat, wird diesen Augenblick wohl nie mehr vergessen. Wir fuhren auf den Gornergrat zum Stählisee, ringsum die großartige Bergwelt, das Monte-Rosa-Massiv, und vor uns wie Dürers „gefaltete Hände" der hinreißend schöne Berg. Wir schauten und schauten, besonders die Begleiterinnen aus Norddeutschland und der Normandie. Wie oft bin ich in den Jahren später noch an derselben Stelle gestanden oder habe vom Corvatsch bei St. Moritz die Matterhornnadel gesucht und gefunden; ich habe die Alpen überflogen und mitten drin das geliebte Matterhorn gesehen... der erste Eindruck bleibt doch unvergessen. Rektor Hunzicker, ein geübter Bergsteiger kletterte natürlich hinauf, ihm genügte nicht das Hinaufschauen. Er brachte mir einen 4 cm großen Stein vom Gipfel mit. (In der Zwischenzeit besitze ich eine Sammlung solcher „Andenkensteine", z. B. auch einen vom Ufer des Sees Genesareth oder einen Marmorbrocken vom Steinbruch auf Paros.)

Als Abschluss des ersten Turnus sollten wir Theater spielen. Annemarie von Arx schlug ein Märchenspiel der jungen Schriftstellerin Silja Walter vor. Spieler waren nicht die Kinder, sie und die Dorfgemeinschaft sollten Zuschauer sein. Schauspieler waren wir Begleiterinnen, ohnehin zu wenige für die 13 Feen. Wir schwindelten mit Blitzkostümwechsel. Der Rosenstrauch war in natura vorhanden, der große umzäunte Festplatz vor dem Haus war auf einer Seite voller Kletterrosen. Der Dichterin ist es geglückt, das Märchen in ein Mysterienspiel zu verwandeln: Das Dornröschen, die Verkörperung eines edlen, nach Höchstem strebenden Mädchens, der Königsohn ist schlechthin die Herrengestalt Christi, in der Amme summiert sich das satanisch Teuflische im Widerspiel der Versuchung zu gottloser Herrlichkeit... eben dem Spinnen des Lebensfadens aus eigener Kraft. Ein langes Schweigen unter den Zuschauern wäre uns Dank genug gewesen, aber nach dem Schweigen kam doch lang anhaltender Applaus. Uns Spielern selbst war dieser Abend unter einem makellos klaren Walliser Sternenhimmel ein tiefes Erlebnis.

Ich darf durch all die vielen Jahre, bzw. Jahrzehnte dieser Silja Walter, jetzt Sr. Hedwig OSB im Kloster Fahr an der Limat, für viele Briefe, Bücher und persönliches Begegnen dankbar sein. (Im Verlag Herder sind bereits zehn Bände der gesammelten Werke dieser großen Schweizer Dichterin erschienen.)

Ende August, der Schweizer Nationalfeiertag wurde natürlich gebührend gefeiert, verließ ich Randa und wurde da und dort eingeladen. Endlich, nach unvergesslichen Wanderungen, landete ich wieder in Menzingen. Andreas hatte wiederum etwas Neues für mich, diesmal um meine chronische Geldlosigkeit aufzubessern. Schon in Oberägeri hatte ich mir durch schnelles Porträtieren mit Bleistift, Kohle oder Rötel einige Rappen verdient und mir dafür z. B. weiße Wolle für einen „Janker" gekauft. Nun sparte ich auf einen neuen, größeren Koffer und, geradezu vermessen, auf eine Schreibmaschine. Andreas verschaffte mir einen lieb und gut gemeinten Auftrag für die Holzmesse in Locarno. Ich bekam 50 hölzerne Dosen mit Deckel, ca. 8 cm hoch, der Durchmesser so groß, dass man eine Weinflasche leicht hineinstellen konnte. Auf dem Deckel verschiedenste Heraldikwappen der Schweizer Kantone oder Bürger, Städte, Landstriche. Hinein in diese Dosen kamen je sechs Glasuntersetzer mit – oh Schreck, oh Graus: Alpenblumen! Ich schwitzte und malte in den letzten Schweizerwochen mit Todesverachtung Wappen, Löwen, Schwäne, Adler und Drachen im Heraldikschmuck und unzählige Edelweiß, Alpenrosen, Enziane mit Blattgrün... Gitta, male, male, male!!! Ich verdiente sage und schreibe Franken im damaligen Wert von 800 Schilling. Andreas und Margrit nahmen keinen Groschen, mir kamen erstmals die Tränen... Am 31. Oktober brachte mich Andreas nach Zürich zur Bahn, mit einem selbst gestrickten weißen Janker, einem neuen Koffer, einer neuen Gitarre und – last not least – einer neuen Schreibmaschine! Die Zollkontrolle im Abteil ging ohne Probleme vorbei, ich hielt den Reisepass unschuldig hin und nach wenigen Minuten war ich wieder im immer noch sehr kriegsverwundeten Österreich.

Muss ich betonen, dass gerade wegen dieser neun Monate Schweiz meine Liebe zu unserem

Land mich geradezu überflutete? Wie gerne wollte ich meine ganze Kraft durch meinen Beruf den Menschen meiner Heimat schenken. So schnell ich konnte, brachte ich die Prüfungen für das zweite und dritte Rigorosum hinter mich, Pharma und Patho noch vor dem Sommer.

Andreas ist 1988 beim Baden in Kreta ertrunken, er hatte dort immer die Urlaubsvertretung für den zuständigen Ortspriester übernommen. Mehrmals war er bei uns zu Gast gewesen, ebenso Margrit, der ich so gerne Wien gezeigt habe. Margrit starb 1990 an einem Karzinom, als „das Müetti" von Enkeln und Urenkeln heiß geliebt.

Unsere Professoren

Univ.-Prof. Dr. Hittmaier lehrte uns „Spezielle Pathologie und Therapie innerer Krankheiten" (unsere Kurzbezeichnung war „Interne"). Da ich selbst, wohl vom Beispiel meines Cousins Ferdi beeinflusst, fest überzeugt war, einmal die Ausbildung zum Facharzt für Innere Medizin zu machen, prägte sich mir gerade diese Vorlesung besonders ein.

Im Herbst 1950 kam eine kleine Abhandlung Prof. Hittmaiers heraus, „Pathologie des Blutes, Impfungen". Zwei Tage vor meiner Prüfung bekam ich es in die Hand und, wie es oft ist, genau daraus wurde ich gefragt, „Auszeichnung" war die Folge. An die hohe, eher hagere Gestalt Prof. Hittmaiers wurde ich nochmals durch eine leider traurig endende Begegnung erinnert: Eines Tages saß, gemeinsam mit seiner Gattin, in meinem Wartezimmer sein Sohn, Dr. Hans Hittmaier, eben aus den USA zurückgekommen, voll Lebenslust und Zukunftsplänen. Nur wenige Jahre später war seine tapfere Frau Witwe.

Univ.-Prof. Dr. Tapfer lehrte „Geburtshilfe und Gynäkologie mit praktischem Internat". Die Vorlesungen waren für uns junge Frauen natürlich hoch interessant, das Praktikum brachte mir nichts Neues. Wie gut, dass ich bereits in St. Veit bei der Hebamme Sr. Praxedis bei so vielen Geburten, auch bei pathologischem Verlauf, dabei sein durfte. (Sr. Praxedis infizierte sich bei ihrer aufopferungsvollen und so mitfühlenden Tätigkeit mit Lues und starb fünf Jahre später im Wiener Mutterhaus. Ich habe sie vor ihrem Tod noch besucht.)

Univ.-Prof. Dr. Lang: „Allgemeine und Spezielle Pathologie und pathologischer Histologiekurs". Da diese Vorlesungen immer zur Mittagszeit stattfanden, kämpften viele, unter anderem auch ich selbst mit dem Schlaf oder mit dem leeren Magen. Durch meine alte Begeisterung für die normale Anatomie hatte ich ein gutes Rüstzeug, ebenso in der Histologie. Freilich kam eine Unmenge an Lehrstoff dazu, wir schwitzten wohl alle bei der Bewältigung dieses immensen Stoffes.

Die Pathoprüfung hatte es in sich. Gottlob war ich die Erste, musste immer wieder Fragen beantworten, die meine zwei Kollegen nicht wussten, bis es Prof. Lang zu bunt wurde und er uns kurzerhand alle drei hinausschmiss. Erst ein besorgter Anruf bei Frau Jäger am Dekanat nahm mir die Unsicherheit. Gott sei Dank, ich war durchgekommen, noch dazu sehr gut.

Univ.-Prof. Dr. Jarisch lehrte „Arzneiverordnungslehre und Pharmakologie, Toxikologie. Man musste viele Rezepte auswendig lernen. Die meisten „Verordnungen" erfolgten damals ja noch „magistraliter", besonders Salbenzubereitungen oder das Anfertigen kleiner Kügelchen, „Pillen" genannt. Heute wird diese Fertigkeit nur mehr selten von den Apothekern verlangt. In meiner Praxis aber habe ich doch noch manch „altes" Rezept, z. B. bei dermatologischen Problemen verwendet.

Bei meiner eigenen Prüfung in Pharmakologie bemerkte ich, als eine Kollegin über die „Wurmmittel" gefragt wurde und ausführlich antworten konnte, im Nachhinein entsetzt, dass in meinem Skriptum dieses Kapitel einfach fehlte, die Seiten waren abhanden gekommen. Es wäre ein glatter Hinausschmiss geworden.

Univ.-Prof. Dr. Hauptmann lehrte „Allgemeine und soziale Hygiene". Ich vermute, dass ich damals bereits wie in Trance lernte, ich erinnere mich an null und nichts trotz meiner Auszeichnung. Dass ich seitenweise mitgeschrieben habe, weiß ich noch genau, aber was?

Univ.-Prof. Dr. Priesel: „Pathologie und Therapie der Kinderkrankheiten". Wunderbare, interessante Vorlesungen mit vielen Fallbeispielen. Einprägsame Erklärungen, unvergessliche klare Anamnesen, Inkubationszeiten, Erscheinungsformen; die Gefahren der damals noch schwer verlaufenden kindlichen Pneumonien, Scharlach und Diphtherie führten oft noch zum Tod, die so gefürchtete Poliomyelitis (Kinderlähmung), die allgegenwärtige Tuberkulose und eine Unmenge anderer Gefahren. Was hat sich nicht alles seither gerade in der Kinderheilkunde geändert! Gott sei Dank zum Besseren.

Univ.-Prof. Dr. Urban: Dass ein Psychiater von seinen Patienten „anzieht", d. h. dass er öfter auch ein etwas eigenartiges Verhalten an den Tag legt, ist eine weit verbreitete Volksmeinung, die sich für uns Studenten in der Person des Professors, vor allem in seinen Vorlesungen zu bestätigen schien. Wir bekamen eine Fülle von für uns praktisch unverständlichen Inhalten vorgesetzt, dies meist auch noch ohne erkennbare Ordnung, die einzige Möglichkeit, den „Stoff" doch noch einigermaßen erlernen zu können, war das Skriptum. Dass in den späteren Jahren bei Prof. Urban immer mehr z. T. abstruse „Eigenarten" zum Vorschein kamen, lässt hinterher manche der damaligen Eindrücke verständlich erscheinen.

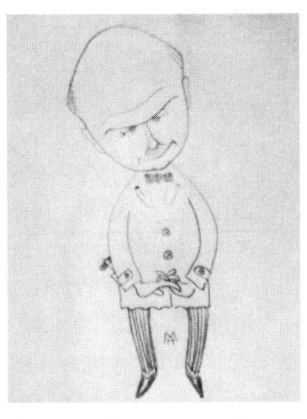

Univ.-Prof. Dr. Breitner: „Pathologie und Therapie chirurgischer Erkrankungen". Wer Prof. Breitner im Hörsaal erlebt hat, kann ihn sicherlich bis heute nicht vergessen. Er strahlte geradezu Zuversicht gegen alle Hoffnung, Menschlichkeit, Hilfsbereitschaft und Liebe zu seinem Können und Wissen aus. Seine Erlebnisse als „Engel von Sibirien" schilderte er so lebensnah und doch wissenschaftlich unanfechtbar, sein Humor löste trotz der oft ernsten Situation bei uns oft Lachsalven aus. Er brachte in der Vorlesung viele, viele Fallbeispiele, lehrte uns so nebenbei die wichtigsten Fragen für eine gute, verwendbare Anamnese. (Vor der theoretischen Prüfung bekamen wir alle einen „Fall" und gerade die dabei erhobene Anamnese war ihm für die Beurteilung des Prüflings sehr wichtig.) Seine große, kräftige Gestalt im wehenden weißen Mantel, die schneeweißen Haare immer wie im Sturmwind, sein breites Lachen, seine ernste und oft ergreifende Mimik ist mir unvergesslich geblieben. Konkret denke ich an ein kleines Mädchen mit einem Zungensarkom, die Zunge mit Radiumnadeln gespickt, mir war zum Weinen, ihm auch.

Breitner kandidierte später einmal bei einer Wahl zum Bundespräsidenten, er wäre sicherlich verehrt und geliebt worden, mit seiner Nähe zu den einfachen Menschen, mit seinen vielen zur Situation gehörigen Anekdoten, über die er selbst herzlich lachen konnte.

Univ.-Prof. Dr. Hörbst las „Pathologie und Therapie der Hals-, Nasen- und Ohrenerkrankungen", ein sogenanntes Nebenfach, über das kein Rigorosum abgelegt werden musste. Wir aber, die ein Stipendium hatten, mussten alle Semester Kolloquien ablegen, waren daher natürlich eifrigst in diesen Vorlesungen und haben davon vieles, das sich später in der Praxis als wichtig erwies, mitbekommen. Bei Prof. Hörbst wurden wir zu Tonsillektomien beigezogen, lernten Kehlkopf spiegeln, ebenso das von mir so geliebte Ohr und Innenohr sich immer besser real vorzustellen, die Möglichkeiten von Gehörkorrekturen, auch den Umgang mit Gehörlosen, bis zum Angebot, sich eine Kurzfassung der Gehörlosen-Gebärdensprache bei ihm auszuborgen. Er selbst war unbeschreiblich interessiert an der erhofften Besserung der Möglichkeiten, diesen Menschen zu helfen. Wie sehr würde er sich heute freuen. Auch das Wunder Atmung und Stimmbänder begeisterte ihn und wohl auch einige von uns.

Univ.-Prof. Dr. Heinz: „Pathologie und Therapie der Augenheilkunde". Es gab ein wunderschönes Lehrbuch mit damals noch seltenen Farbdrucken. Man musste davon fasziniert sein. Prof. Heinz verstand es wunderbar, uns sein Wissen theoretisch und praktisch zu vermitteln. Wiederum spielte im Praktischen der Stirnspiegel eine wichtige Rolle! Wer sieht den Augenhintergrund??? Wer kann ein Augenlid schmerzlos umdrehen? Warum ist ein Eisenfeilspan so gefährlich? Herpes am Auge, gibt es das? Ein simples Hordeolum („Gerstenkorn"), was macht man da??? Fragen über Fragen und klare Hinweise und Antworten, an die man sich in der eigenen Praxis tatsächlich noch genau erinnert. Als junge Turnusärztin in Wien vertrat ich einen Betriebsarzt der Stahlverarbeitungsfabrik „Wagner-Biro" in Stadlau. Die Arbeiter stellten sich an, als gäbe es täglich gleich mehrere Eisenspanverletzungen. Ich klappte Lider auf, klappte zu... kein Span zu finden. Wollten sie mich alle aufs Glatteis führen? Als die Haftschalen üblich wurden, fragte mich eine meiner zahlreichen geriatrischen Patientinnen: „Frau Doktor, was ist, wenn so eine Haftschale nach hinten rutscht und ins Hirn wandert?" (Über die vielen anatomischen Strukturen zwischen Auge und Gehirn, die so etwas ganz unmöglich machen, wusste sie natürlich nicht Bescheid.) Verlorene Haftschalen suchen, manchmal sogar im Gras des Vorgartens, und beruhigen, dass nichts passieren kann, war anfangs häufig notwendig. Einmal ein Hausbesuch bei einer bis dahin Unbekannten, spät in der Dunkelheit. Ich läute an, die Wohnung ist stockfinster... entgegen kommt mir eine Blinde, lächelnd, sie brauchte ja kein Licht.

Univ.-Prof. Dr. Konrad: „Pathologie und Therapie der Haut- und Geschlechtskrankheiten". Auch für diese Vorlesung gab es ein Lehrbuch bzw. einen Atlas mit Farbbildern. Welche Kostbarkeit! Reihum wurde dieses Buch ausgeborgt. Prof. Konrad hatte viele Patienten, die er uns in der Vorlesung vorstellen konnte. Man prägt sich solche lebendigen Bilder besonders gut ein. Oft sind es Kleinigkeiten. Genau erinnere ich mich daran, dass Prof. Konrad uns einschärfte, dass man sich eigentlich nie von vornherein mit einer einzigen Blick- und Blitzdiagnose begnügen soll, es gäbe sehr wohl eine Psoriasis plus Skabies, eine Arteriitis temporalis plus Trigeminusneuralgie usw. Meine Begeisterung für dieses „anschauliche" Fach führte dazu, dass Prof. Konrad nach meinem Rigorosum in Dermatologie mir sofort eine Stelle an seiner Klinik anbot; mich aber zog es nach Wien. Keine Ahnung hatte ich damals freilich, dass viele Jahre später unsere älteste Tochter mit Prof. Konrads Sohn auf der Wiener Hautklinik zusammenarbeiten würde. So schließen sich Kreise.

Univ.-Prof. Dr. Häupl: „Pathologie und Therapie der Zahnheilkunde". Wer wusste damals schon etwas von der zukünftigen Kieferchirurgie, dem Wanderlappen, der Versorgung der im Krieg oft schrecklich verletzten Soldaten. Dass wir über den Zahn und seine Entwicklung eigentlich nichts Neues erwarteten, war doch zu kurz gedacht. Das damalige Wissen bekamen wir exakt und interressant interpretiert mit all den für die Zukunft erhofften Möglichkeiten. Viele von uns wollten ja später Zahnärzte werden.

Univ.-Prof. Dr. Meixner: „Gerichtsmedizin". Diese Vorlesung freute mich am wenigsten, obwohl Prof. Meixner sicherlich mit vornehmer Zurückhaltung all das Schreckliche vortrug, was zum Lehrstoff gehörte. Das Praktikum wollte ich fast nicht besuchen... wie so manche von uns, die den vergangenen Krieg oder wie ich selbst das Geschehen in Klagenfurt und St. Veit erlebt hatten. Man kam natürlich um die Vorlesung nicht herum und lernte wie auch sonst den vorgeschriebenen Stoff.

Mein eigenes Erleben: Nelly: „Gitta, verlass dich nicht auf dein Glück und überschlag nicht die Seiten mit den „Berstungsbrüchen des Schädels! Am Ende kommst du genau das dran!" Ich blieb taub und überschlug diese Seiten... um dann, völlig perplex genau dies als erste Frage beim Rigorosum zu hören!!! Nelly hinter mir, stieß leicht an meine Ferse... sozusagen: Siehst du, ich hatte Recht! Es wurde zwar gottlob kein Hinausschmiss, aber die Auszeichnung war verpatzt.

Studienkollegen erinnern sich:

Dr. Nelly Bauer, Bad Ischl:

Schon die allererste Fahrt nach Innsbruck im Herbst 1945 war abenteuerlich, dauerte sie doch ganze zwei Tage. Zunächst ging es nur von Linz nach Salzburg, wo man in den Zug nach Innsbruck umsteigen musste. Dieser Zug fuhr allerdings zu unserer größten Überraschung erst am nächsten Tag um etwa fünf Uhr früh weiter, es war eine lange Nacht im ungeheizten, ungepflegten Waggon.

In den letzten Kriegstagen war die Eisenbahnbrücke über den Inn bei Rattenberg zerstört worden. Man musste daher dort den Zug verlassen, das Gepäck wurde auf Pferdewagen verladen und man fuhr mit einer Fähre über den Inn, um die Fahrt mit einem anderen Zug fortzusetzen.

Was erwartete uns in Innsbruck? Ich wohnte mit einigen Studentinnen aus Oberösterreich in einer Caritasherberge, die in der NS-Zeit enteignet war und als Unterkunft für Arbeitsmaiden diente. Das Haus in der Museumstraße war desolat, die Vierbettzimmer waren mit Kachelöfen ausgestattet, das Brennholz musste man sich selber besorgen. Wir sammelten es in den umliegenden Bombenruinen. Es reichte oft nur für ein warmes Zimmer am Wochenende. Die Fenster in den Gemeinschaftsräumen waren mit beschädigtem Drahtglas mehr schlecht als recht abgedichtet, ohne Heizung, ohne Warmwasser, mich fröstelt heute noch.

Die weiteren Quartiere bei Zimmerfrauen waren da schon besser. Mein letztes Quartier übertraf alle vorherigen. Ich wohnte mit einer Kollegin in einem städtischen Bauhof in der Reichenau. Ein riesiges Kohlenlager diente der Beheizung der Innsbrucker Schulen. Das kam auch uns zugute, Zimmer und Bad waren nämlich angenehm beheizt. Mit dem Zimmer war Vollverpflegung verbunden, was in unserem Prüfungsstadium sehr angenehm war. Zu unserem Schreck aber musste der Frühstücks- und Nachmittagskaffee mit Ziegenmilch in Kauf genommen werden. Am Anfang mussten wir uns überwinden und durften es auch unsere Zimmerfrau nicht merken lassen. Wir gewöhnten uns aber rasch an die nahrhafte Milch und fanden den heimatlichen Magerkakao fad und leer.

Und nun einige Prüfungsepisoden: Beim Knochenkolloquium bei Prof. Sauser bekam man einen Knochen in die Hand gedrückt und musste ihn zuerst beschreiben, bevor man ihn benannte. Ich bekam ein leicht zu erkennendes Os coxae, eine Kollegin aber ein winziges Sesamknöchelchen. Sie drehte und wendete es mehrmals hin und her und murmelte wiederholt vor sich hin:

„Ich sehe hier einen Höcker"... Darauf meinte der Herr Professor trocken: „Ist es deshalb gar ein Dromedar?" Schallendes Gelächter im wie immer überfüllten Hörsaal war die Folge.

Bei der Physiologieprüfung bei Prof. Scheminzky musste manchmal ein lebender Frosch vom Prüfling getötet werden, was von den Studentinnen weniger geschätzt wurde. Als an einem Prüfungstag kein Frosch zur Darstellung des Reizleitungssystems zur Verfügung stand und zwei Kollegen zurückgetreten waren, meldete ich mich trotz ungenügender Vorbereitung zur Prüfung. Das war die einzige Prüfung, die ich nicht bestanden habe. Das hinderte mich aber keineswegs, am gleichen Tag mit meinem Freund und späteren Mann den Ball der Hochschülerschaft im Hotel „Maria Theresia" zu besuchen. Zu meiner Überraschung bat mich Herr Professor Sauser um den ersten Tanz und ich erzählte ihm mein Missgeschick. Er tröstete mich und erzählte, dass er seinerzeit in Gynäkologie durchgefallen und jetzt Direktor der Hebammenschule sei.

Und noch eine Begebenheit mit Prof. Sauser: Er war bekanntlich sowohl Doktor der Medizin als auch Doktor der Philosophie und hat während seines Berufsverbots als Universitätsprofessor in einer Welser Apotheke gearbeitet und auch noch Pharmazie studiert und als Magister abgeschlossen, so konnte er eine Reihe von Titeln vor seinem Namen führen. Bei einer Faschingsveranstaltung der Akademischen Verbindung „Austria" wurde er dann wie folgt begrüßt: „Wir begrüßen mit ganz besonderer Freude seine Magnifizenz Gustav Gustav Gustav Sauser."

Auf welch schnelle Reaktion es bei so mancher Prüfung ankommt, zeigt folgendes Erlebnis:

Bei der Augenprüfung verlangte der Professor, dass ich der neben mir stehenden Kollegin das Augenlid umdrehe. Mein erster Gedanke: Zuerst die Hände waschen. Sprung zum Waschbecken. Bevor ich meine Hände waschen konnte, das erlösende „Ausgezeichnet!"

Meine allerletzte Prüfung im dritten Rigorosum, in meinem 11. Semester im Jänner 1951, war Dermatologie bei Professor Konrad. Nach erfolgter Prüfung musste man in sein Arbeitszimmer kommen, wobei er feststellte, dass ich noch keine 24 Jahre alt sei. Scherzhaft meinte er, dass er den Studienabschluss noch hätte verhindern können oder sollen...

Univ.-Prof. Dr. Erich Deimer:

Berufsplanung und Studium

In der Oberstufe des Realgymnasiums in Innsbruck, Angerzellgasse, entwickelte sich bei mir zunehmend das Berufsziel Maschinenbau-Techniker. Darstellende Geometrie war damals kriegsbedingt ausgefallen, aber es fand sich die Gelegenheit eines privaten Studiums. Die überraschende Meinung eines Lehrers bezüglich Berufswahl stimmte mich nachdenklich: Prof. Dr. Franz Mair, ab der 3. Klasse Englisch, – guter Pädagoge und Psychologe – hatte die damals berüchtigte Klasse von Anfang an im Griff und war auch sehr beliebt. Wir schätzten ihn als Lehrer und er war uns auch ein Vorbild im Sport.

In der 7. Klasse, knapp vor dem Einrücken, bot er in einer launigen Stunde an, jedem der Schüler auf Grund seiner Menschenkenntnis den beruflichen Werdegang vorauszusagen. Ich erinnere mich noch an meine feste Aussage, dass ich Maschinenbautechniker werden wolle, während Prof. Mair ebenso klar feststellte, dass ich auf Grund meiner Eigenschaften ein guter Mediziner würde. Prof. Dr. Mair – ein Widerstandskämpfer – starb Anfang Mai 1945 vor dem Tiroler Landhaus im Kugelhagel eines vorbeifahrenden SS-Wagens (Gedenktafel am Landhaus).

1943 wurde ich zum Reichsarbeitsdienst und nach drei Monaten schließlich zur Luftwaffe eingezogen. Die folgende Ausbildungszeit zum Flugzeugführer war für uns 18-Jährige ein ungeheures begeisterndes Erlebnis, und die ursprünglichen Wünsche in Richtung Maschinenbau wandelten sich zum Flugzeugbau. Wir jungen Piloten drängten zum Fronteinsatz, mussten aber ein halbes Jahr in einem Barackenlager untätig „herumgammeln". Anfang April 1945 erhielten wir alte französische Gewehre, um Nürnberg, das unter ständigem Bombenhagel lag, zu verteidigen. Erst zu diesem Zeitpunkt wurde es für uns zur Gewissheit, dass der Krieg verloren war.

Wir gerieten in amerikanische Gefangenschaft und verbrachten ein dreiviertel Jahr auf den berüchtigten Rheinwiesen bei Heilbronn und Böhl-Iggelheim. Ohne feste Unterkunft, jedem Wetter ausgesetzt, Hunger, und jeden Tag der Anblick von an Hunger Verstorbenen sowie keine Nachrichten von den Eltern, nur Gerüchte, dass Innsbruck wiederholt stark bombardiert worden sei, ließen meine Lebensziele und Berufswünsche auf den niedrigsten Grad sinken. Im Feber 1946 wurde ich aus der Gefangenschaft entlassen. In einer größeren Gruppe wurden wir in Viehwaggons in das Barackenlager Reichenau transportiert und dort der Freiheit übergeben.

Von Reichenau bis zur Wohnung meiner Eltern in der Nähe des Tivoli-Sportplatzes war es zu Fuß etwa eine halbe Stunde. Da ich nichts über das Schicksal meiner Angehörigen wusste und ob das Wohnhaus noch existierte, ließ ich meinen Rucksack mit den Habseligkeiten bei Bekannten in Reichenau.

Die zahlreichen Bombenschäden auf dem Wag „nach Hause" brachten meine Stimmung auf den Nullpunkt und ich war auf alles gefasst.

Als ich am Leipziger Platz um die Ecke bog, sah ich, dass unser Wohnhaus fast unbeschädigt war. Es keimte in mir eine unbestimmte Hoffnung und nach dem Anläuten öffnete meine Mutter und wir lagen uns schon in den Armen. Mein Vater sei in Gefangenschaft und meine Schwester wegen Verdacht auf Appendizitis in der Chirurgie im AKH. Als ich im Verlaufe des Gespräches erwähnte, dass ich mir sofort eine Arbeit suchen werde, sagte meine Mutter ganz entschieden, dass ich studieren soll und mir fiel ein Stein vom Herzen.

Die Wahl des Studiums war rasch getroffen. In Innsbruck kam nur Medizin in Frage und das war unter den gegebenen Umständen die zumutbar günstigste Lösung.

Bereits am nächsten Tag ging ich in die Universität, um mich wegen der Aufnahmemodalitäten zu erkundigen. Am 13. 2. 1946 konnte ich nicht nur in das bereits laufende Wintersemester einsteigen, es wurde mir auch noch ein vorklinisches „Kriegssemester" angerechnet.

Zahlreiche Studenten drängten sich in die Hörsäle, viele mussten auf den Stiegen sitzen. Besonders in den ersten zwei Semestern trugen noch viele Studenten ärmliche Uniformteile. So fiel mir besonders ein eher kleiner blonder, fleißiger Studienkollege namens Hermann Gmeiner auf, der bald nach dem Studium durch die Gründung des ersten SOS-Kinderdorfes in Imst weltweit bekannt wurde.

In meinem ersten Semester besuchte ich fleißig alle vorgeschriebenen Vorlesungen und absolvierte auch die Physikprüfung mit ausgezeichnetem Erfolg. Dies war wichtig, um eine Befreiung vom Studiengeld zu erlangen. Schon im ersten Semester erkannte ich, dass es mit dem gewissenhaften Besuch der Vorlesungen allein nicht getan war. Auch musste ich je nach Vortrag immer wieder mit dem Schlaf kämpfen.

Es war unerlässlich, in einer Studentengruppe zu arbeiten. Wir waren zu dritt: Alfred Rogendorfer aus Waidhofen/Ybbs, Willi Vogl aus Grünau und ich. Drei Personen erhalten mehr Informationen als eine. Zum Reservieren günstiger Zuhörersitze musste nur einer früher im Hörsaal sein. Besonders einprägsam war das gegenseitige Ausfragen vor Prüfungen und jeder hatte den Ehrgeiz, mehr zu wissen als der andere. Die Skripten bildeten eine Art Inhaltsverzeichnis, Detailstudien mussten, wenn vorhanden, aus geeigneten Büchern erfolgen. Eine strategisch wichtige Voraussetzung für eine erfolgreiche Prüfung war auch das Studium des jeweiligen Prüfers. In den letzten Wochen oder Tagen vor der Prüfung war es empfehlenswert, in der ersten Reihe zu sitzen und bei

Fragestellungen sich bemerkbar zu machen. Am meisten profitierten wir als Zuhörer bei Prüfungen, weil man den Prüfer und seine Art direkt kennen lernte. Dazu kam noch, dass man einen Einblick in seine Fragestellung erhielt. Stellte man sich mit dem Pedell gut, so konnte man eine Liste mit den typischen Fragen des Prüfers bekommen. 120 Fragen wurden kaum überschritten. Eine wichtige Erkenntnis unserer Studiertechnik war, bei der Reihenfolge der Prüfungen einen kürzestmöglichen zeitlichen Zwischenraum anzustreben, weil so manches Wissen über ein Fach, noch frisch im Gedächtnis, auch auf Teilgebiete eines anderen Faches übertragen werden konnte. Ich wertete unsere Studiertechnik als maßgebenden Grund dafür, dass wir alle drei Rigorosen mit ausgezeichnetem Erfolg absolvierten und das Absolutorium innerhalb acht Semestern erhielten, ein Erfolg, den ich auch der Unterstützung meiner Eltern verdanke.

War bisher nur vom Studieren die Rede, so muss ein wesentliches Vitamin genannt werden, ohne das kein erfolgreiches Studium möglich ist, nämlich Freude, Unterhaltung und Sport. Im Winter nützten wir jede Gelegenheit zum Schifahren und machten auf Fellen ausgedehnte Schiwanderungen in die Stubaier- und Zillertaler-Gletscherwelt, im Sommer bot sich Gelegenheit zum Schwimmen, Rad fahren und Bergsteigen. Die Nächte schlugen wir uns häufig mit Skat und Schach um die Ohren und machten notwendigerweise auch die üblichen Jugenderfahrungen.

Univ.-Prof. Dr. Peter Dittrich, Innsbruck:

Mein Vater, Orthopäde in Innsbruck, ist 1944 verstorben und hat meiner Mutter und mir fast nichts hinterlassen, so dass ich den Lebensunterhalt für meine Mutter und mich durch Zimmervermieten finanzieren musste. Das war das Existenzminimum. Aus diesem Grund war ich nun bestrebt, möglichst rasch das Studium durchzuziehen, was mir auch gelungen ist.

Begonnen hat es so: Am 8. August 1945 kehrte ich aus der Kriegsgefangenschaft in Italien nach Hause zurück. Innsbruck war in einem trostlosen Zustand. Bombenzerstörungen, fast nichts zu essen und auch sonst niedrigster Lebensstandard und trotzdem war man froh, dass der Krieg beendet war und dass man gesund heimgekehrt ist. Einige Tage nach meiner Rückkehr begab ich mich an die Uni, wo mir mitgeteilt wurde, dass das erste Nachkriegssemester am 1. Oktober beginnt. Eine Auflage ist jedoch Voraussetzung für die Inskription: Der Arbeitseinsatz in den bombengeschädigten Instituten. Mit noch drei Kollegen wurde ich in die Physiologie abkommandiert, wo wir den Keller aufräumen sollten. Für diesen Einsatz bekamen wir die „Schwerarbeiter-Lebensmittelkarte", die natürlich besser war als die normale. Unser Arbeitseinsatz beschränkte sich darauf (keine Kontrolle!), dass wir bei schönem Wetter hinter der Physio in der Sonne lagen, bzw. älteren Frauen, deren Männer am Westfriedhof begraben waren, bei der Restaurierung der zum Teil schwer bombengeschädigten Gräber halfen. Dafür bekamen wir Wurst- oder Käsesemmeln und manchmal auch einen Kuchen. Für damalige Verhältnisse schon lukullisch.

Nach dem Arbeitseinsatz musste ich noch zur Entnazifizierungskommission, Vorsitzender Prof. Hittmair. Die Frage eines eher linken Studentenvertreters, wie lange ich an den Endsieg geglaubt habe, wurde vom Vorsitzenden nicht zugelassen und ich bekam den Stempel „Zugelassen" in mein Meldungsbuch. Damit war ich Student der Medizin und sehr stolz.

Meine erste Vorlesung besuchte ich in der Anatomie und war von Sieglbauer im schwarzen Kittel sehr beeindruckt. Es waren didaktisch erstklassige Vorlesungen und auch seine Zeichnungen an der Tafel waren künstlerisch hochwertig, besonders die Darstellung des Nervensystems. Im Sezierkurs war ich eher schockiert, da nur dekapitierte Leichen aus Stadelheim aufgelegt waren. Die Hörsäle waren zu dieser Zeit gerammelt voll und viele hatten nur ihre Militäruniform als Kleidung. Das Leben außerhalb der Uni war eher trostlos und beschränkte sich auf etwas Sport, Wanderungen, und ab und zu einem Kinobesuch. Fahrzeug: ein altes Radl, mit dem ich am Wochenende die Bauern des Mittelgebirges aufsuchte und um ein paar Kartoffel anbettelte. Dann kam ja für einige Zeit die Schwedenhilfe, die man in der Mensa abholen konnte. Sie ähnelte dem heutigen Pedigree-Pal Hundefutter, war aber nahrhaft.

Bei einem Kartoffeldiebstahl (aus Hunger) mit dem Kollegen Hueber in Igls hätte man uns fast erwischt. Felddiebstahl wurde damals mit Exmatrikulation bestraft. Wir flüchteten ins Ahrntal und verbrachten mit den Kartoffeln eine Nacht in einer Höhle. Keine Wiederholung! Das Studium verlief dann ohne Schwierigkeiten und ich promovierte am 3. Februar 1951.

Univ.-Prof. Dr. Othmar Förster, Wien

Innsbruck 1945–1951 Medizinstudium – Studentenzeit: Trotz oder vielleicht gerade wegen des kurz vorher überstandenen Krieges und seiner Folgen, eine schöne, erinnerungsreiche Zeit.

Was gäbe es nicht alles zu erzählen! Hier aber geht es um spezielle Erinnerungen, die mit einer sehr lieben Kollegin, Brigitta Nagl, verbunden sind. Wir haben uns bei der Katholischen Hochschulgemeinde kennen gelernt, wo wir – zumindest ich – unter den Fittichen von Pater Suso Braun und Dr. Ignaz Zangerle erst so richtig lernten, was Katholizität bedeutet. Wir lernten die großen katholischen Denker kennen, wurden in katholische und andere während der Nazizeit verbotene Literatur eingeführt – es war eine Zeit des geistigen Aufblühens und der Reifung. Besonders erinnere ich mich an meine ersten Exerzitien im Bildungshaus Matrei, die von Pater Hans Urs von Balthasar (damals noch SJ) geleitet wurden und mich sehr beeindruckten.

Schöne Erinnerungen verbinden mich mit den Wallfahrten des KHG, u. a. nach St. Georgenberg und nach Locherboden sowie die Frühjahrstagungen der Katholischen Hochschuljugend auf der „Gufl" hoch oberhalb von Solbad Hall.

Ich glaube, Brigitta war bei den meisten Veranstaltungen dabei, obwohl ich mich im Detail natürlich nicht mehr erinnern kann. Ein gemeinsames Erlebnis wird mir jedoch zeitlebens in Erinnerung bleiben: Unsere gemeinsame Anatomieprüfung!

Während der ersten Semester nach dem Krieg war nicht nur der Hörsaal überfüllt, es war auch sehr schwer, einen Prüfungstermin zu bekommen. Hatte man endlich einen Termin, versuchte man, diesen auf jeden Fall zu nützen, auch wenn die Vorbereitung nicht optimal war. So wagte ich es also, zur Anatomieprüfung anzutreten, obwohl ich mit dem Stoff nicht ganz fertig geworden war. Anfangs ging alles bestens, die Fragen über Knochen, Muskeln und Eingeweide konnte ich prompt beantworten. Schließlich fragte Prof. Sauser: „Wenn Sie in die Fußsohle einen Nadelstich bekommen, erweitern sich die Pupillen. Wie kommt das zu Stande?" Die afferenten Bahnen bis zur Großhirnrinde sprudelte ich fließend herunter, doch dann kam ich ins Stocken; das vegetative Nervensystem hatte ich weitgehend „gespritzt". Nach einer peinlichen Pause reichte Prof. Sauser die Frage an Brigitta weiter, die natürlich sofort die Verbindung über den Tractus thalamospinalis zum Ganglion cervicale herstellte und auch prompt eine Auszeichnung bekam (auch die folgende Frage über die Anatomie des Auges wurde von ihr hervorragend beantwortet), ich musste mich mit einem Genügend zufrieden geben. So zeigte sich schon damals die Überlegenheit des weiblichen Geschlechts, von der heute so viel die Rede ist.

Ein offenes Geheimnis will ich hier noch verraten: Während der Studienzeit und wohl auch noch einige Zeit nachher, wurde Brigitta meist „Gitta" gerufen. Diese Kurzformel missfiel Christoph sehr und nach ihrer Hochzeit wollte er den

Gebrauch dieses „Kosenamens" nicht mehr zulassen. Als sie wieder einmal von einem der Freunde mit „Gitta" angesprochen wurde, donnerte Christoph diesem ein wütendes „Bri" entgegen. Jeder wusste, dass dies nichts mit dem französischen Käse zu tun hatte.

Dr. Walter Jentsch, Salzburg

Wie für die meisten Studenten waren diese Jahre auch für mich durch einfachste Wohnverhältnisse gekennzeichnet. In einem noch Bombenschäden aufweisenden Zimmer musste das Studium im Winter oft mangels Heizmaterial in Mantel und Schal erfolgen. Die Mahlzeiten waren auf das Essen in der Mensa beschränkt. Nachschub von zu Hause zu bekommen, war durch eine Fahrzeit von 13 Stunden mit dem Zug von Salzburg nach Innsbruck und durch stundenlange Kontrollen in kalten ungeheizten Zuggarnituren durch die Besatzungsmächte in Hochfilzen, auf ein Minimum beschränkt. Ich erinnere mich noch, dass wir an diesen Kontrollpunkten, Männlein wie Weiblein, mit DDT bestäubt wurden.
Ein Erlebnis bezüglich „Nahrungsaufwertung" möchte ich schildern. Um unsere Kost aufzubessern, haben ein Kollege aus Oberösterreich und ich beschlossen, Kartoffellaibchen herauszu-

backen. Mangels Fett kamen wir auf die glorreiche Idee, den von der „Schwedenhilfe" an Studenten ausgegebenen Lebertran in die Bratpfanne zu gießen. Nicht nur, dass die Laibchen ungenießbar waren, es verbreitete sich der Trangestank im ganzen Haus und brachte uns unter den Protesten der Hausbewohner fast die Kündigung der Studentenbude ein. Es war uns kein Einfall zu dumm, um unsere für uns damals knappe Verpflegung aufzubessern.

Die Freizeit neben dem Studium verbachte ich mit Kollegen beim Bergsteigen in der herrlichen Umgebung Innsbrucks. Bei all den erschwerenden Umständen der damaligen Zeit glaube ich aber sagen zu können, dass alle das Studium ernst genommen haben und bestrebt waren, es in kurzer Zeit abzuschließen. Für mich war es eine schöne Zeit!

Dr. S., Gemeindearzt in U., OÖ.:

Rückkehr aus der Wehrmacht 1945 – Linz, Wegscheid. Damals wohnhaft in Leonding. Im Militärgewandel – leicht umgeändert – zum Studium nach Innsbruck – Herbst 1945. Hunger war ständiger Begleiter (Markerlwirtschaft), Bude ungeheizt, daher Studium in den geheizten Warteräumen der Eisenbahn. In Mantel und Fäustlingen über den Büchern. Im Winter mussten wir oft das Eis in den Schüsseln einschlagen, damit wir uns die Nase waschen konnten. Wehrmachtsführerschein konnte nicht umgeschrieben werden, weil das Geld fehlte.

Der Vater war arbeitslos, daher schmales Einkommen. Am Sonntag eine Tablette Sacharin in den Rübenkaffee ohne Brot. Ich habe beim Militär nie so gehungert wie beim Studium: „Ein voller Bauch studiert nicht gern", aber mir wäre ein voller Bauch lieber gewesen. Um ein Beuschel bei Hörtnagel zu bekommen, sind wir mit dem Fahrrad „wettgefahren", weil dieses Beuschel immer dünner wurde.

Nach der Hautprüfung (letzte Staatsprüfung) im Jänner 1951 hatte ich noch zwei Schillinge in der Tasche. Mein Schatz aus Salzburg hat mich abgeholt, denn mit zwei Schilling hätte ich die Bahnfahrt nicht bezahlen können.

Das Innviertel (Schwiegereltern) hat mich dann mit Schweinsbraten und Knödel aufgepäppelt. Während ich auf Postensuche in Linz war, hat mein Mädchen mir in Braunau bei Prim. Dr. Sommer eine Stelle verschafft. Als ich mich vorstellte, kamen wir drauf, dass ich mit dem im Krieg gefallenen Bruder des Primarius im Gymnasium in Linz gewesen war. Da war ich sofort angestellt. Bezahlung spärlich, aber Turnusbeginn 1. April 1951. Seit 19. 5. 1951 verheiratet, seit 1957 Gemeindearzt bis 1992. Hobby Jagerei. Drei Kinder, drei Enkelkinder, alles ausgeflogen. Kein Nachfolger in der Praxis, jedoch bestes Verhältnis zur medizinischen Jugend. Jetzt leider uralt (79 Jahre), aber im Herzen jung und so soll's bleiben.

Erfüllung

Der „Ernst des Lebens" wurde wieder stärker spürbar: das Ende des Studiums rückte immer näher. Anstelle von „nur Vorlesungsbesuch" und „lediglich Kolloquien, damit das Stipendium weiterlaufen kann", und viel Zeit für die ach so beglückenden „Freizeitaktivitäten" waren nun wieder ernste Vorbereitungen für die Prüfungen notwendig. Schon in der Schweiz hatte ich ja begonnen, meine Skripten für „Pharma" und „Patho" durchzuackern. In Innsbruck aber war zunächst noch ein Wohnungswechsel zu bewältigen. Mein geliebtes, warmes Heizungszimmer im Kloster musste ich verlassen. Die „Marienruh" sollte einem Neubau weichen. Ade, welch innere und äußere Wärme habe ich in diesem Zimmer erfahren, der Abschied fiel mir schwer. So als hätte der so plötzlich an meiner Seite verstorbene Pater Rainer noch einmal für mich vorgesorgt, vermittelte mir Frau Erna Kriewer, die unvergessliche damalige Leiterin der Caritasherberge in der Museumstraße, die ich noch zu Lebzeiten P. Rainers kennen und schätzen gelernt hatte, ein wahrlich zauberhaftes Zimmer in der Wohnung ihrer Schwester Edith, hoch oben über der Kettenbrücke in der Holzgasse. Wohlgemerkt gratis, das muss ausdrücklich gesagt sein, danke!

Das absolut Schönste an der neuen Unterkunft war der große Holzbalkon direkt nach Süden. Sobald die Sonnenstrahlen im Februar 1950 etwas wärmer wurden, siedelte ich mit meinem Bett auf den Balkon hinaus und schlief „im Freien", tief und erholsam mit Vogelgezwitscher und Serlesblick.

In der Holzgasse

Warmer Honiggeruch auf der Veranda
wie auf einer Bergwiese
Marianisches Morgenlicht
überwindet die morgendliche Kühle.

Die Serles so allein,
frohlockend umspielt,
als wäre sie die kleine Schwester
des Matterhorns.

Nur das Hinaufsteigen auf die Serles
dürfte leichter sein
sogar für ungeübte Kletterschuhe
als der Hornligrat
ab der Solveighüttte
zum Matterborngipfel.
Ich hüte einen Stein von der Spitze.

In dieser liebenswerten Familie gab es drei Kinder, Lieserl, Friedl und den kleinen Heinzi. Dieser, ein blonder lebhafter Bub, stahl sich oft zu mir ins Zimmer, ich sollte ihm „Himmel und Hölle" aus Papier falten und dann mit ihm spielen. Unvergesslich: jedesmal wenn er noch etwas tollpatschig über eine Stufe stolperte, sagte er mit höflicher Verbeugung: „Tschuldigung, Verzeihung!" Friedl, auch blond und immer lustig und gut aufgelegt, liebte heiß ihre Tante Erna, nannte auch mich bald „Tante Gitta". Aus Lieserl, der Ältesten, mit dunklen Haaren, bereits damals durch ihre besondere „Gescheitheit" aufgefallen, ist (seinerzeit nicht auszudenken) eine Politikerin in sehr hoher Funktion geworden, Chefin in einem „Haus", in dem ich vor Jahren selbst mehrmals an einem grünen Tisch als „ärztliche Expertin" gesessen bin.

Pharma und Patho waren noch vor dem Sommer „geschafft". In den Ferien Famulatur im mir bereits lieb gewordenen Floridsdorfer Spital.

Heinzi

Kinder der „Holzgasse"

Im Hof des Floridsdorfer Spitals

Blättergespinst über mir
und dazwischen Himmel so blau
Gräser, gelbgrünes Laub
und trockengeküsster Tau.

Ein blühender Sang
und ein' Sonnenschein lang
voll tanzender Stäublein im Garten.

Die Segel gebläht!
Auf, sonst ist es zu spät.
Wie lange, wie lang muss ich warten?

Herbst im Großstadthof

Seidiges Gras,
blühender Saum
ringsum
um alte Gemäuer
rotrote Astern
und gelbgrünes Laub
leuchten,
gefüllt steht die Scheune.
Nun duftet wo Wein

*das ganze Land
ist wohl ein einzig' Oktoberlied.
Oh Gipfel im Sein!
Der Herbst ist so reif,
schau – leiser Altweibersommer zieht...*

Dienstzimmer in Floridsdorf

(In einer der blauen Nächte
vor einem Feiertag)

*Fahne, gefesselte Fahne
vorm Fenster singt ihr Lied
der Wind zieht silberne Bahnen
und bläht sie, als ob sie blüht.
    Oft fährt er wild in die Fänge
    dem prallglatten Fahnentuch
    oft lässt er sie still im Abend,
    ein zusammengefaltetes Buch.
Die Sterne blicken herunter
so still in schweigender Pracht
der Mond zieht seine Straßen
oh sehnsuchtsschwere Nacht.
    Blausamtener Grund – blitzender Stern
    Silbergeschirr gespannt
    es reitet dein wieherndes Abendpferd
    über gesegnetes Land.*

Flieg, Fahne, flieg; vor dem Sternenzelt
bist jauchzend du aufgezogen
flieg, Fahne, flieg, zwischen mir und der Welt
hängt groß dein schwingender Bogen...

Wieder in Innsbruck, kamen die Schwierigkeiten auf uns zu, für die restlichen Prüfungen den jeweils gewünschten Termin zu ergattern. Vor dem Dekanat standen lange Schlangen...

Mit einer sehr lieben Kollegin (Nelly) hockte ich nun zum Lernen gemeinsam in einer Holzbaracke hinter den Eisenbahnbögen in Pradl. Es schneite und schneite, neben dem Zischen und Rumpeln unseres eisernen Kohleöfchens hörten wir nur ununterbrochenes Schneeschieben. Kollegin Nelly hatte gerade fürchterliches Zahnweh, auch nach der Extraktion des Bösewichtes peinigte sie ein heftiger „dolor post". Ist sie deshalb Zahnärztin geworden? Wir wären beide gerne bereits bei der Promotion im Dezember dabei gewesen, den Termin für unsere letzte Prüfung in Dermatologie aber haben wir nicht bekommen. So wurde es eben der 2. Februar 1951.

Am Ziel

Nach dem so schneereichen Winter mit zahlreichen Lawinenabgängen besonders im Walsertal kam mit dem ersten Föhn Frühlingsahnen auf, in den Blumengeschäften dufteten bereis vorgezogene Hyazinthen. Man konnte endlich das Fenster länger offen lassen, der Tag dauerte zu Mariä Lichtmess bereits eine volle Stunde länger. Wir waren alle nervös. Die mütterliche Käthe Sieglbauer hatte mir einen Kragen aus echter Brüsseler Spitze zu meinem schwarzen Kleid geschenkt. Der Rektor, seine Magnifizenz Prof. Dr. Albert Defant wurde vom Prorektor Prof. P. Dr. Hugo Rahner SJ von der theologischen Fakultät vertreten. Seine Spectabilität Prof. Dr. Karl Häupl war Dekan, als Promotor nahm Prof. DDr. Mag. Pharm. Gustav Sauser unser „Spondeo" entgegen. Die Urkunden, beeindruckende große, dunkelgrüne Futterale mit kostbarem herauspendelndem Siegel der Leopold-Franzens-Universität Innsbruck trugen wir dann alle strahlend in unseren Händen. Beim Gaudeamus igitur gab es wohl auch Tränen der Rührung,

Gratulanten danach

Sr. Odolina

waren doch viele Angehörige dabei, die genau wussten, mit wie viel Mut, Tapferkeit und Fleiß manche in diesen schweren Nachkriegsjahren das Ziel erreicht hatten.

Große Freude bereitete mir neben vielen, vielen Gratulanten die Anwesenheit Prof. Sieglbauers, der mir noch dazu ein ganz persönliches Geschenk überreichte.

Heinrich Tschurtschenthaler, für kurze Zeit Studienkollege, vor kurzem zum Priester geweiht, seit unseren Kindertagen lieb gewordener Freund meiner Familie in Klagenfurt, feierte am Tag darauf in

Prof. Sieglbauer als Gratulant

Unsere „Sängerinnen" vom Klosterinternat

Freunde am Balkon der „Museumstraße"

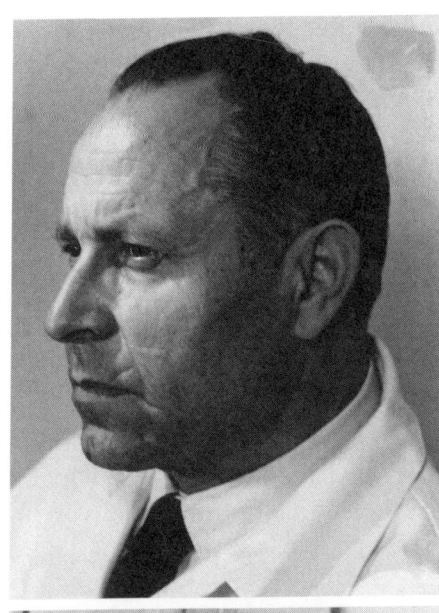

*Mein Cousin:
Univ.-Doz. Dr.
Ferdinand Nagl
Primarius im
Krankenhaus
Floridsdorf
Leibarzt von
Bundeskanzler
Raab*

*Stickstoff-
bestimmung im
Labor in Wien*

der Kapelle der Caritasherberge mit all den vielen, die zu meinem Fest gekommen waren, den Dankgottesdienst. Erna Kriewer, die Herbergsmutter richtete dazu im Anschluss ein köstliches Frühstück aus, meine sangesfrohen Mädchen aus der Marienruh spendierten ein paar kleine mehrstimmige Kostbarkeiten. Ich sollte und wollte nun endlich ausrasten, glücklich und zutiefst dankbar.

Nach nur drei Ruhetagen bei lieben Freunden in Kundl ein Telegramm aus Wien: „Komm so schnell Du kannst, ich brauche Dich. Ferdi" Und da stand ich nun in seinem Labor mit meiner Vorgängerin, die mich einführen sollte. Ich wusste nur das eine, dass man als promovierter Doktor univ. med. von

Der „Kollege mit dem schwarzen Mantel"

Stickstoffbestimmungen und vielen anderen ähnlichen Aufgaben keine blasse Ahnung hat. Also wiederum lernen, lernen, lernen, damit ich im Sommer in Floridsdorf bei Ferdi als Turnusärztin anfangen kann...

Gleich am ersten Tag im Labor geht die Türe auf. Christoph, der „Kollege mit dem schwarzen Mantel", steht vor mir; erst in den nun folgenden Gesprächen wurde uns klar, dass sich unsere Wege schon bisher einige Male getroffen hatten, zum ersten Mal, als ich in Schwarzach sein Klopfen an der Tür überhört hatte... Eineinhalb Jahre nach diesem „ersten Tag im Labor" haben wir geheiratet.

15. August 1952 Fest Mariä Himmelfahrt

Im Sichelmond

*Im Sichelmond
schaukeln du und ich.
Wo fallen wir hin,
wenn er sich rundet?
Ineinander,
total ineinander.*

Nachlese

Als ich anlässlich der Goldenen Promotion mit meinem Mann in Innsbruck war, wir wohnten in der Altstadt, bemerkten wir so vieles an den wunderschönen Fassaden zum ersten Mal, entdeckten Durchgänge und nie gesehene Gassen, Stiegen und frisch restaurierte Kostbarkeiten, dass wir uns fragten: „War ich damals blind?" Ist man, nur auf das Berufsziel konzentriert, das Viertel um die Uni, die Altstadt, den Innrain entlanggegangen?
Gewiss, die so schöne Stadt war zwischen 1945 und 1951 noch sehr von Bomben zerstört, das war man schließlich gewöhnt. Der ungeheure

Aufwand der Wiederinstandsetzung Innsbrucks hat sich wohl mehr als gelohnt.

Doch abgesehen von der „Wiederentdeckung" der im Maienfrühling besonders freundlichen Stadt, war es schon ein eigenartiges – und irgendwie erhebendes – Gefühl, im Großen Saal der Dogana, inmitten einer großen Zahl von Freunden und ehemaligen – beinahe eine „Ewigkeit, nicht gesehenen – Kollegen, die traditionsreichen, altgewohnten universitären Festrituale neu zu erleben, gemeinsame Erinnerungen aufzufrischen und im Rückblick auf die vergangenen, so reichen Jahrzehnte Dank zu sagen, dass alles so gekommen ist, wie es gekommen ist: Es hat sich gelohnt!

Deo gratias!

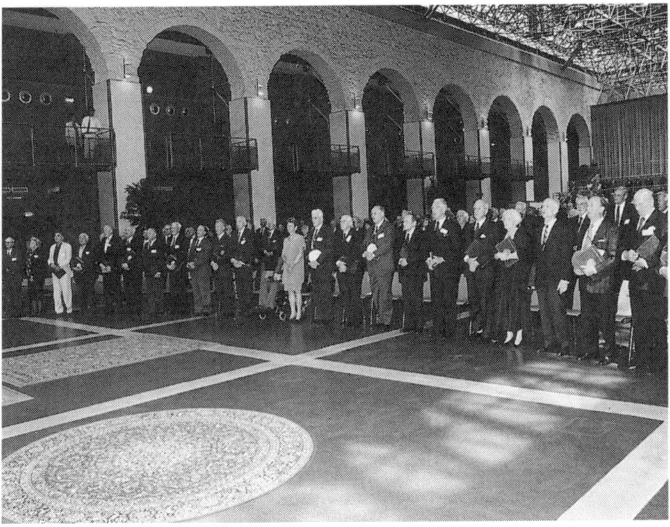

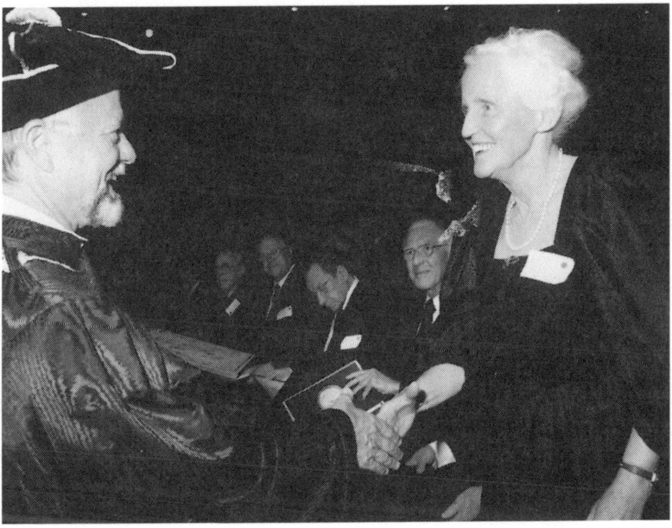

Die Krähe mit dem goldenen Schnabel

Winter, Mitte Jänner 2003 und klirrend kalt. Zunehmender Mond. Am Morgen ist die Klarheit des Firmaments fast wehtuend... die Luft beinahe zu eisig, um tief zu atmen.

Tagelang haben mich die Krähen vergessen. Wenn ich sonst pünktlich um elf Uhr Futter (Küchenabfälle) unter die große Fichte gestreut hatte, brauchte ich gar nicht mehr das gewohnte „Krah-krah" zu rufen, schon waren sie da, 20, 30 und mehr. Der Leitvogel sitzt seit der Früh auf dem Ahornbaum und wartet auf mich. Wenn ich gegen neun Uhr vom Einkauf oder von der Frühmesse heimkomme, scheint er mich völlig zu ignorieren, es ist ja noch nicht die richtige Zeit.

Wehe aber, wenn wir im Gedränge des Tages unsere Krähen vergessen, nach halb zwölf kommt keine mehr, um drei Uhr Nachmittag stürzen alle laut (und vorwurfsvoll) krähend (und schimpfend) zum leeren Futterplatz. Nanu, hast du uns vergessen?

Der „Fürst", die einzige Nebelkrähe unter der Schar der aus Sibirien angeflogenen Saatkrähen, ist kein Wandervogel, er ist das ganze Jahr über hier, er stolziert unbekümmert an uns im Garten vorbei, übernachtet auch nicht mit den anderen, sie scheinen ihn ein wenig zu fürchten, aber auch seine Diktatur zu akzeptieren. Bevor er nicht zu fressen erlaubt – er selbst mustert zuerst kritisch das Hingestreute – darf keine gewöhnliche Krähe damit anfangen. Vorwitzige, die hinter seinem Rücken ein großes Stück erwischt haben, flüchten sofort, wenn er vorwurfsvoll mit den Flügeln schlägt. Dann wird das Beutestück hoch oben auf dem Essigbaum verspeist, ungestört vom Aufpasser.

Drei Tage lang hab ich den Futterplatz vom tiefen Schnee frei geschaufelt, krah-krah gerufen, keine Krähe ließ sich blicken. Drei Tage vorher hatte es nichts zum Hinstreuen gegeben, nun sind sie wohl böse auf mich.

Heute Vormittag, gegen elf Uhr schau ich durchs Fenster, es ist herrliches Winterwetter, der Futterplatz wieder tief im Schnee versunken. Über unseren Dachfirst kommen die ersten Sonnenstrahlen... da kommt mein Nebelgraurock vorbeigeflogen, tanzt förmlich vor mir, einmal hinauf, einmal hinunter, gar nicht nach Krähenart. Ist es überhaupt mein Freund? Ich kenne ihn genau, er ist es. Plötzlich weiß ich, was er möchte... er zeigt mir seinen Schnabel „aus purem Gold"! Ja, der so harte kämpferische Schnabel leuchtet in den Sonnenpfeilen wie im Märchen vom Goldenen Vogel, es fehlen nur noch goldene Äpfel und der Fuchs, der zur goldenen Prinzessin und zum goldenen Pferd führt...

Da, mit einem Mal verlischt das gleißende Licht am Krähenschnabel, die Sonne ist höher gestiegen. Ich suche in der Küche nach Futter. Herrlich, Biskuitreste und Speckstückchen, Brot und Erdäpfel und Reis. Ich bin sicher, morgen kommen alle 30 wieder, ich werde unter der Fichte den Schnee wegschaufeln und um elf Uhr krah-krah rufen. Sie werden mir doch nicht immer böse sein nach diesem goldenen Versöhnungstanz.

Inhalt

Vorbemerkung und Danksagung	5
Mama ist tot – die Familie lebt	7
Meiner toten Mutter	8
Tante Božena	15
Auch die Schule ist nicht mehr die alte ...	18
Eine Entscheidung – viele Begegnungen ..	21
Für Haselbach	25
Als ich einmal sehr liebte –	26
Wenn man Schnee isst, bekommt man Diphtherie!	34
Zurück ins Gymnasium	40
Mir ist so kalt	47
Klagenfurter Schicksalstag	49
Klagenfurt, 16. Jänner 1944	53
St. Georgen am Längsee	55
Ander und die blaue Schürze	56
Ander und die Prozession	57
Die „Mutige"	62
St. Veit an der Glan	69
Die Tiere im Stall	77
Der kleine Hirte	78
Vaters Tod	79
Der Orion	83
Orion	84
Erinnerungen an Vater	85
Verstecken spielen	85

Alltäglichkeiten	86
Der Diwan	92
Raureif	96
Spielen mit Vater	98
Am Kreuzbergl	100
Beim Schweizerhaus	102
Das Goldketterl	104
Briefmarken	106
Vaters Freunde	108
Vater und Bruder Vicky	110
Tarock und Schach	115
23. März 1945	116
Isolierzimmer in St. Veit	119
Die Schwag über St. Georgen	122
Der Brunnen hinterm Haus	124
Der Brunnen	126
Der Krieg ist aus...	127
Abschied und Neubeginn	130
Glockenblumen	130
Waldrand	133
Für Innsbruck braucht man...	138
An Melitta, im Sommer	139
St. Georgen am Längsee	142
Kloster an der Kettenbrücke	147
Leopold-Franzens-Universität Innsbruck	148
O.Univ.-Prof. Dr. Felix Sieglbauer	159

Neue Begegnungen	163
Schlittschuhlaufen auf der Lend	165
Salzburg –	
in der erzbischöflichen Residenz	168
Blick auf Salzburg	170
Abend auf der Hohensalzburg	171
Studieren in Innsbruck	175
Die Bahnhofsmission	179
Schweiz	183
Unsere Professoren	195
Studienkollegen erinnern sich	206
Erfüllung	224
In der Holzgasse	225
Im Hof des Floridsdorfer Spitals	228
Herbst im Großstadthof	228
Dienstzimmer in Floridsdorf	229
Am Ziel	231
Im Sichelmond	238
Nachlese	239
Die Krähe mit dem goldenen Schnabel	242